www.tredition.de

AF185243

Anna Verena Hoffmann Sax

Du erzähltest mir

www.tredition.de

Verlag und Druck:
tredition GmbH, Halenreie 40-44, 22359 Hamburg

ISBN
Paperback: 978-3-347-30935-7
Hardcover: 978-3-347-30936-4
e-Book: 978-3-347-30937-1

Teil 1

Eine lange Winternacht. Anfangs fiel noch Regen. Gegen Morgen ging er in Schnee über. Er bedeckte die Gärten, verwandelte sie in diesen winterlichen Zauber, der die Stille mit sich bringt. In den frühen Morgenstunden wird Laurent geboren. Alles normal, Gewicht, Grösse, seine Haut sanft, seine ersten Schreie willkommen. Willkommen in der Welt von Mutter und Vater. Eine kleine Familie beginnt zu leben und sich auf das Neue einzurichten. Auf Laurent. Seine Mutter ist gutaussehend, hochgewachsen, und auch nach einigen sonnenarmen Winterwochen sieht man, dass die Haut an viel Sonne gewöhnt ist. Ihre Haare sind modisch geschnitten, nach dem Wochenbett wahrscheinlich hochgesteckt, wie es die Mode verlangt und für ihren Beruf von Vorteil ist.

Hedi führt zusammen mit ihrem Bruder Ernst einen Friseursalon im Eckhaus an der Neugasse. Eine gute Lage. Die Kundschaft ist aus dem Quartier. Lebhaft geht es hier zu und her. Viele kleine Läden. Bäckereien, Metzgereien, Handwerksläden, Kleingewerbe versuchen die schwierige Zeit der Kriegsjahre des Zweiten Weltkriegs zu überstehen. Nachbarschaftliche Hilfe ist willkommen, oder dann und wann Besuche von Verwandten vom Lande. Sie bringen Kartoffeln, Salate, Früchte, und wenn Metzgete war, Würste und ein wenig Fleisch. Die Lebensmittelmarken reichen kaum. Man ist froh um jeden Wink, wo Süsses oder etwas Spezielles aufzutreiben wäre.

Hedi und Theodor melden sich im Winter 1940 beim städtischen Gartenbauamt an, für die Bewilligung eines Schrebergartens. Ein kleines Stück Land ist zu bebauen. Hedi versucht es im Frühling. Neben der Arbeit im Friseursalon schiebt sie so oft sie kann den Kinderwagen den Hügel hoch, pflanzt und jätet. Das Giessen wäre wichtig. Viel Zeit bleibt nicht und das Gärtnern ist nicht Hedis Stärke. Karotten und Zwiebeln gedeihen einigermassen. Die Kartoffeln haben jedoch den Käfer, sie sollten abgelesen werden.

Theodor ist im Aktivdienst. Europa brennt. Die Schweiz in Alarmstellung. Der Krieg tobt. Deutsche Siegesmeldungen und Kriegslügen verunsichern. Viele Schweizer sind in ihrer Meinungsbildung gespalten. Die Zweifel sind gross. Kann der Widerstand aufgebaut und gehalten werden, mental und materiell. Theodor ist vor dem Krieg Schweizer geworden. Er hat sich eingekauft und die Rekrutenschule bei den Motorfahrern absolviert. Motoren, Fahrzeuge, und im Speziellen liegen ihm Motorräder. Während des Aktivdienstes kommt er wie alle anderen Soldaten regelmässig nach Hause. Die Freude über das Gedeihen von Laurent ist gross. Hedi und Theodor sind glücklich. Die Welt ist im Krieg, aber das kleine Glück ist da, wo man es festhält. Die Gegenwart.

Hedi und Theodor erwägen einen Umzug, obwohl ihre Wohnung an der Röschibachstrasse gross genug ist. Die Vermietung ist eine bündnerische Stiftung. Der Verwalter räumt Vorteile ein, er mag Hedi. Ihre frische Art und ihre gepflegte Erscheinung haben es ihm angetan. Und doch die Entscheidung ist gefallen. Sie kündigen die Wohnung und mieten eine Bleibe ganz in der Nähe von Hedis Mutter, wo sich auch der Friseursalon befindet. Nun wird die Grossmutter Laurent hüten, während Hedi im Damensalon arbeitet. Die Wohnung ist geeignet und gut, alles in nächster Nähe, auch Fluss und Bäume.

Hedi mag den Schrebergarten nicht. Der Daumen wird einfach nicht grün. Theodor findet kaum Zeit zum Helfen und Hedi zieht es vor, mehr im Salon zu arbeiten. Diese Arbeit liegt ihr. Sie ist begabt und hat das Gefühl für Menschen. Junge Frauen lassen sich gern frisieren und sind offen und redselig.

Auch die junge Frau, die erzählt, dass sie an diesem Morgen bereits zum zweiten Mal beim Friseur sei. Das erste Mal habe sie als Unkundige in der Stadt einen Friseursalon ganz in der Nähe des Elternhauses ihres Bräutigams aufgesucht. Die Friseurin empfing sie und rief gleich ihrem Mann zu: "Mach heisses Wasser, wir haben eine Kundin." Das war der Augenblick, der nichts Gutes verhiess, sie hatte wohl den falschen Salon gewählt. Das Resultat nach zweistündiger Prozedur war schrecklich. Das Haar klebte, die Aufsteckfrisur lotterte und so entschied sie, einen zweiten Versuch zu machen – nun bei Hedi. Eine langjährige Kundentreue nimmt so den Anfang.

Der Friseursalon läuft gut. Hedis Bruder Ernst betreut den Herrensalon und Hedi den Damenteil. Beide Salons haben gute Kundschaft, auch während der Zeit des Krieges. Hedi kann arbeiten und Laurent wird grösstenteils ihrer Mutter überlassen. Laurent ist glücklich dort. Seine Grossmutter ist eine warmherzige Frau und hat den quirligen Bub lieb, aber auch im Griff. Der Grossvater ist gut zu ihm, obwohl seine Scherze für einen kleinen Jungen nicht immer geeignet sind.

Während des Krieges sind in jedem Haushalt Gasmasken vorhanden. Zum Scherz zieht der Grossvater eine solche über und versteckt sich hinter einer Türe. Laurent erschrickt und schreit. Er erkennt seinen Grossvater nicht dahinter. Ein ungutes Erlebnis, das nicht vergessen wird, wahrscheinlich beidseits. Der Grossvater umarmt Laurent. Putzt ihm die Tränen ab. Laurent schnäuzt ins Taschentuch. Noch ein, zwei stockende Atemzüge, dann beruhigt er sich. Diese Erinnerung ist eingebrannt, sie bleibt. Der Grossvater verspricht nun etwas Gutes zu kochen, geht in die Küche, hantiert mit den Pfannen, macht Teig für Omeletten, kehrt diese gekonnt mit Schwung inmitten der Küche. Die Omeletten werden mit viel Zucker bestreut und eingerollt. Laurent sieht dem Grossvater vergnügt zu, wenn er akrobatisch mit den Küchengeräten umgeht, sich dreht, im Rhythmus in der Küche tanzt und zugleich kocht.

Grossvater Gottlieb ist gelernter Koch. Er arbeitete als junger Mann in Bern in einem bekannten Hotel und kochte für illustre Gäste aus der Politik. Es war ein grosses, nobles Haus mit Bildern und polierten Möbeln. Er erinnert sich, dass in der Empfangshalle ein grossformatiges Bild hing. Oft schaute er es sich im Vorbeigehen an und blieb manchmal stehen. Ein Bergsee, umsäumt von Tannen. Im Hintergrund liegt mächtig ein Berg mit steilabfallenden Felswänden. Der See wirkt bedrohlich. Die Tannen im Vordergrund sind abgeknickt, Strünke mit Moos bewachsen. Der Himmel grau, nur ein Lichtstrahl fällt auf die Felswand in der Ferne. Das Bild berührte und beeindruckte ihn, die gemalte Szene widerspiegelt Verlorenheit, Einsamkeit. Gottlieb verbrachte nur ein paar wenige Jahre in Bern. Freunde hatte er keine.

Im Zug von Bern nach Zürich lernte er Rosette kennen, eine hübsche, kluge Frau. Sie redete über ihre Kindheit und schilderte ihm, wie das Leben war auf dem Bauernhof in der Ostschweiz, wo sie mit 12 Geschwistern aufwuchs. Sie erzählte, dass sie in ihren frühen Jugendjahren einen Mann kennenlernte, den sie liebte. Aber er war gebunden, eine Trennung kam nicht in Frage. Und das Kind, der Bub kam zur Welt. Gottlieb hörte zu, betrachtete diese junge Frau. Sein Herz hörte mit und die Liebe fiel auf beide. Bald einigten sie sich für ein gemeinsames Leben und heirateten.

Rosette zog mit ihrem Bub weg vom elterlichen Bauernhof in die Stadt. In Zürich wohnte sie zusammen mit Gottlieb und dem Bub Fritz in einer kleinen Wohnung im Niederdorf, in der obersten Wohnung eines älteren Hauses an der Zähringerstrasse. Fritz, der Bub, war nicht lange allein. In wenigen Jahren wuchs die Familie. Kurz nacheinander kamen Paul, Ernst und dann das Mädchen Hedi zur Welt. Sie belebten die kleine Wohnung, es wurde eng. Die Familie zügelte auf die andere Seite der Stadt, nach Wiedikon. Dort fanden sie ein neues Zuhause. Einige Jahre lebten sie dort, die Kinder gingen im Ämtlerschulhaus zur Schule. Gottlieb arbeitete als Koch in einem Hotel. Er verdiente nicht viel. Es war die Zeit vor dem ersten Weltkrieg, und um besser leben zu können, musste er sich etwas einfallen lassen.

Er erwog einen Stellenwechsel. Nach Suchen und Umdenken nahm er die Stelle als Verwalter des Stadtgefängnisses in Winterthur an. Die Familie zügelte nun weg von Zürich, in eine Beamtenwohnung in der Nähe des Gefängnisareals.

Gottlieb arbeitete sich in seinem neuen Job ein. Langsam begriff er, dass das Leben als Gefängnisverwalter zwar viel Administratives beinhaltet, jedoch die Schicksale der Sträflinge oft im Vordergrund sind. Kleinkriminelle rutschen häufig wegen des Alkohols in die Tiefe und verheddern sich im Gestrüpp der Gesetze. Das eine zieht das andere mit sich. Ein Insasse bat Gottlieb um die Bewilligung, dass ihn seine Tulpe, wie er seine Frau nannte, öfter besuchen dürfe. Sie bringe ihm wichtige Informationen, wie es im Geschäft laufe, das sie während seiner Abwesenheit leiten müsse. Und ob er seine Kinder, vor allem Kätterli, mehr sehen dürfe, sie bringe ihm Süssigkeiten und kleine Bastelarbeiten. Gottlieb war mit vielen Schicksalen konfrontiert. Ein Sträfling fiel ihm besonders auf. Auf jedes Blatt, das ihm in die Hände kam, machte er Zeichnungen. Nun begann er auf die Wände zu kritzeln. Kleine Szenen, die sein Leben in ihm drinnen beschrieben oder Szenen, die die Realität festhielten. Ein guter Zeichner. Die Skizzen sollten aufbewahrt werden, aber sie mussten weg, nur wenige blieben. Die Wände wurden übermalt. So war die Vorschrift.

Rosettes und Gottliebs Kinder wurden erwachsen und fanden Lehrstellen. Fritz war geeignet für den kaufmännischen Bereich und Paul lernte Bäcker/Konditor. Für Ernst und Hedi tat sich die Möglichkeit auf, den Friseurberuf zu erlernen. Paul hatte ehrgeizige Ideen, er wollte in La Chaux-de-Fonds eine eigene Bäckerei/Konditorei eröffnen. Vater Gottlieb war gerne freigebig und gab ihm Geld für die erste Zeit. Aber offenbar kauften die Welschen ihre Brote lieber beim einheimischen Bäcker als bei einem zugezogenen "Stiegenblätz", wie die Deutschschweizer dort genannt werden. Paul zog weg. Er brach auf zu Neuem und meldete sich in

Zürich für die Polizeischule an; er wurde Stadtpolizist und später Polizeivorsteher. Ernst und Hedi hatten gemeinsame Pläne. Sie wollten in Zürich einen Friseursalon eröffnen. Vater Gottlieb öffnete auch diesmal bereitwillig seine Schatulle.

☆☆☆

Laurents Vater Theodor arbeitete nun als Karosseriespengler. Der Krieg dauerte an, die Schweiz erstarrte in der Angst um ihre Existenz. Ein versehentlicher Bombenabwurf erschreckte das Stadtquartier. Der Alarm schrillte durch das Haus. Alle eilten in den Keller und warteten – oder doch nicht alle. Bei Theodor war die Neugier stärker als die Geduld und Bange. Er nahm Laurent auf den Arm und stieg schnell die Treppe hoch. Im Treppenhaus öffnete er ein Fenster. Er sah nichts. Stille und Dunkelheit. Am nächsten Tag vernahm man aus dem Radio, dass eine Bombe im benachbarten Quartier, in Wipkingen, eingeschlagen hatte. Es gab Tote, die Kriegsangst blieb.

Auf dem nahen Flugplatz wurden oft Kriegsflugzeuge von der Schweizer Luftwaffe zur Landung gezwungen. Man hörte von Abstürzen und Notlandungen. War es wieder Neugier oder Sensationslust, auf jeden Fall radelte Theodor eines Tages mit Laurent zum Flugplatz. Als sie sich dem Flugfeld näherten, hörten sie ein dumpfes Brummen. Der Himmel war leer, ruhig, ein paar Wolken. Plötzlich erschien wie aus dem Nichts ein Bomber im Tiefflug und stürzte in wenigen Sekunden ab. Theodor warf Laurent vom Fahrrad auf den Boden. Vom Schrecken erfasst, lagen beide da im Gras und waren Zeugen vom Absturz eines Bombers, der seine Mission nicht erfüllen konnte.

Der Krieg ging weiter. Theodor rückte wieder ein. Es war Winter. Viele Einsätze waren geplant. In einer vereisten Kurve verlor Theodor die Herrschaft über sein Motorrad mit Seitenwagen und stürzte. Das Knie wurde erst nach langen Therapien wieder gut. Die Therapiezeit in Chur war erträglich und oft kurzweilig. Die Patienten wurden Kollegen und bildeten eine Schicksalsgemeinschaft.

☆☆☆

In der Zeit im Bündnerland denkt Theodor oft an seinen fremden Vater und auch an seine Mutter, beide sind deutsche Staatsbürger. Sie lernten sich in den Schweizer Bergen beim Arbeiten in einem Hotel in Davos kennen. Wolfgang, Theodors Vater, befand sich auf Wanderschaft, weil er den elterlichen Bauernhof nicht übernehmen wollte. Die Alternative, Arbeit in einer Fabrik anzunehmen, lag weit weg von seinen Lebensvorstellungen. Freiheit und Abenteuerlust lockten ihn, auf Wanderschaft zu gehen, und so unterzog er sich den Regeln des Wanderburschen.

In der traditionellen Zimmermannstracht machte er sich auf den Weg. Er verliess sein Zuhause und suchte da und dort Arbeit. Auf Bauernhöfen in Dörfern in Deutschland und in der Schweiz nahm er Arbeiten als Schreiner an oder half gelegentlich auch im Heuet oder in der Ernte als Knecht. In einem kleinen Bauerndorf in der Schweiz kam er gerade rechtzeitig zur Obsternte. Birnen, Äpfel, Zwetschgen waren zu pflücken. Teils zum Brennen, teils zum Einmachen, Dörren oder zum täglichen Verzehr. Der Bauer musste zum Aufbessern des Lebensunterhalts in der Aluminiumfabrik in der Giesserei arbeiten. Die Bäuerin, ein Knecht und sechs Kinder übernahmen weitgehend die Arbeiten auf dem Feld und im Stall. Zwei Kühe, zwei Schweine, Hühner, Kaninchen und zwei Schafe reichten beinahe zur Selbstversorgung. Wolfgang konnte bleiben. An den Sonntagnachmittagen spielte der Bauer auf dem Schweizerörgeli. Er lehnte sich mit dem Rücken an den warmen Ofen und bewegte seinen Hintern im Takt zur Musik. Seine Söhne begleiteten ihn auf den Klarinetten.

Die Musik erfüllte Wolfgang mit Lust aufs Tanzen. Der Gedanke, eine Frau im Arm zu halten, sie zu spüren und gespürt zu werden, steigerte seine Lust. Aber die Musik erklang einzig zur Freude der Musikanten und für das spärliche Publikum aus der Nachbarschaft. In dieser Stimmung ging er jeweils zu einem Mädchen ins luzernische Nachbardorf. Den Kaffeeschnaps nahmen sie in der Küche. Sie wusste, dass um diese Zeit niemand mehr im Stall war. Er packte sie schnell und heftig. Unter der Stalltüre ordnete er seine Kleider. Der Abschied war knapp.

Wolfgang blieb den ganzen Winter auf dem Hof. Er fand Arbeit beim Schreiner im Dorf. Jeden Morgen in der Frühe kochte die Bäuerin Hafermus, streute Zimt und Zucker darüber und verteilte Butterflocken auf den Brei. Unter der Stubenlampe, die nur gerade das Licht über den Tisch gab, ass er langsam und gemächlich. Die Enkelin, die schon früh am Morgen der Grossmutter zusehen wollte, sass ihm gegenüber, betrachtete ihn beim Essen und staunte, als er alte Zeitungen zur Wärmedämmung vorne in den Kittel stopfte und dann über den Schnee in den kalten Wintermorgen stapfte.

Als der Frühling kam, nahm Wolfgang seinen Wanderstab und zog weiter. Er hörte in der Gaststube, dass in den Bergen Arbeit zu finden sei. Über den Winter waren viele

Engländer und Deutsche in den Hotels und den Höhenkliniken angekommen. Einige Wochen später kam er in Davos an. Er hatte Glück und fand gleich Arbeit in einem Hotel mit angegliederter Klinik. Seine Aufgabe war es, die Gartenanlage zu pflegen, Bäume zu schneiden, Blumenbeete anzulegen und Unkraut zu jäten. Der Bergfrühling war gekommen, er streute blaue und gelbe Blumen ins Gras. Die sanften, milden Winde hoben an und die Sonne wärmte die Erde.

Die Wiese wurde von den Gästen mit Liegestühlen belegt. Viele waren an Tuberkulose erkrankt. Sie kamen aus den grossen Städten aus England und Deutschland. Wolfgang sprach manchmal mit ihnen, so auch in holprigem Englisch mit dem kleinen schmalen Kind. Sein Vater war ein bekannter englischer Schriftsteller und hatte sein krankes Kind herbringen lassen. Die frische Luft, die Berge, das gesunde Klima sollten ihm guttun. Der Kleine schrieb an seinen Vater: When I'm looking through the window, I can see the Matterhorn. Er hoffte sehnlichst, es möge seinen Vater interessieren und er würde ihn doch einmal besuchen. Aber der Vater fürchtete die Ansteckung der Krankheit. Er kam nicht. Das bleiche Kind hustete sich alleine ins Grab.

Wolfgang sah Leute kommen und gehen. Er hatte sich an die Anonymität gewohnt. Kontakt suchte er nicht. Als ihm jedoch die neu angekommene Hausbeamtin einige Aufgaben im Haus übertrug, erwachte seine Aufmerksamkeit. Er beobachtete sie. Sie war tüchtig, hatte den Überblick über ihren grossen Aufgabenbereich. Sie sprach Hochdeutsch. Das spornte Wolfgang an, auf sie zuzugehen. Ihre Gesichtszüge waren gleichmässig, sie war schlank, ihre lebendigen Augen verrieten Klugheit. Nach zwei Anläufen hatte er Erfolg. Sie trafen sich und befragten sich gegenseitig über Herkunft und Alltägliches. Waltraut erzählte, dass ihre Eltern von dem kleinen bayerischen Dorf Niederlamitz ins Württembergische gezogen waren und sich dort niederliessen, und dass sie dann in Baden-Württemberg aufgewachsen sei. Wolfgang verriet wenig über sein Zuhause, er war Deutscher bis in die Wurzel. Er redete über die Politik. Sie sei in ganz Deutschland angeheizt. Man spreche von Überfremdung, vor allem durch die Polen, und dass eine schlagkräftige Armee territoriale Gewinne erzielen könne. Es herrsche Aufbruchsstimmung in Deutschland. Waltraut hörte zu, äusserte sich nicht dazu. Politik und Deutschland waren nicht das, was sie beschäftigte. Sie wollte hier ihre Arbeit gut machen. Waltraut und Wolfgang schliefen miteinander.

Nach ein paar Monaten blieb die Blutung aus. Ein Kind. Der Gedanke liess Waltraut erstarren. Bis zum nächsten Treffen konnte sie an nichts anderes denken. Der Abend kam und Waltraut und Wolfgang waren zusammen. Waltraut hatte nicht den Mut, ihm zu sagen, dass sie ein Kind erwartete. Sie schwieg, die Worte blieben ihr im Hals stecken, sie kamen ihr nicht über die Lippen. Ihr Mund war trocken, sie rang mit sich.

Wolfgang sprach begeistert von der politisch aufgewühlten Stimmung in Deutschland. Eine mächtige Kriegsflotte werde gebaut. Ein Blitzkrieg solle die Macht Deutschlands aller Welt vorzeigen. Aber es brauche Männer, wehrwillige, mutige Männer – und es gebe viele von ihnen. Der Eifer sei gross. Waltraut war still und trug die schweren Gedanken wieder mit in die kommenden Tage. Beim nächsten Zusammensein eröffnete Wolfgang ihr seinen Entschluss: "Wenn dieser Krieg losgeht, muss ich dabei sein." Waltraut packte ihren ganzen Mut und sagte ihm, sie bekomme ein Kind.

Wolfgang stand auf, schaute sie noch einmal an und sagte: "Komm mit oder mach es weg." Dann ging er. Sie sahen sich nie wieder.

Das Kind nannte sie Theodor. Er wird zeitlebens seinen Vater zerfetzt, durchlöchert von Kugeln des 1. Weltkriegs in seinem Innern tragen und diese schreckliche Vorstellung seinem Sohn Laurent weitergeben.

☆☆☆

Nun wütet das Ende des 2. Weltkriegs. Es ist hart, viele deutsche Städte werden noch in den letzten Tagen und Wochen zerstört.

Theodor ist wegen seines lädierten Knies vom Aktivdienst befreit. Er arbeitet wieder in Zürich als Karosseriespengler, die Arbeit füllt ihn aus. In der Freizeit entwirft er Formen für Autos. Seine Zeichnungen sind akribisch genau mit perfekten Schattierungen. Zur Ausführung kommt es aber nicht. Unternehmerisches Gedankengut ist Theodor fern. Er bleibt in der Werkstatt, während seine Kollegen mit List, Bauernschläue und einem Quäntchen mehr Mut die Karriere planen und die Laufbahn emporkommen.

Theodor arbeitet gerne mit Metall. Das ist sein Material. In der Freizeit schmiedet er kunstvolle Gegenstände zum Verschenken oder für den eigenen Gebrauch. Er benutzt die Schweissanlage in der Werkstatt. Er hantiert meisterhaft und fachmännisch, jedoch eines Abends kurz vor Weihnachten wird ihm seine Routine zum fatalen Verhängnis. Er trägt keinen Schutz, als ihn ein Splitter ins rechte Auge trifft. In besorgniserregendem Zustand wird er ins Spital gebracht. Mit einem Magnet versuchen die Ärzte den Metallsplitter zu entfernen. Es ist ein Wagnis. Theodor muss auf einen Spezialisten warten. Er sei noch in den Ferien, es brauche nun Geduld und Bettruhe. Hedi sieht das anders. Theodor muss hier weg, man kann nicht zuwarten, das andere Auge könnte gefährdet sein durch die Entzündung, die nun allmählich nicht mehr aufzuhalten ist.

Hedi kennt jemand, der Theodor mit dem Auto in ein anderes Spital bringen könnte. Ihre Angst treibt sie. Mit Mut, Entschlossenheit und ihrer ganzen Überzeugungskraft findet sie Ärzte, die die Dringlichkeit sehen. Nicht warten, handeln. Nach einer schweren Nacht besucht Hedi Theodor im Spital und sagt ihm: "Steh auf, wir müssen hier weg." Theodor sieht sie ungläubig an. Aber sie drängt ihn aufzustehen und versichert ihm, dass alles organisiert sei in einer auf Augen spezialisierten Klinik. Theodor steht auf. Er kann kaum gehen. Die beiden verlassen das Spital. Die Ärzte drohen, dass dieses Vorgehen drastische Folgen haben wird. Hedi geht unbeirrt voraus und rettet Theodor vor der Erblindung. Sein rechtes Auge hat zwar nur noch minimale Sehkraft, aber das linke Auge ist heil davongekommen.

Motoren und vor allem Dampflokomotiven bleiben für Theodor eine grosse Liebhaberei. Er versucht auch Laurent dafür zu begeistern. Laurent zeigt sich interessiert und bekommt eine Märklin Spielzeugeisenbahn. Die Spielleidenschaft von Vater Theodor ist ausdauernd. Mit viel Vergnügen denkt er darüber nach, wie Laurents Bahnanlage erweitert werden könnte. In einer vorweihnachtlichen Nacht raubt ein stetes Ticken den Schlaf des Buben. Er hört es die ganze Nacht, es kommt von einem Paket, das auf dem Schrank liegt, er weiss, dass es sein Weihnachtsgeschenk ist.

Aber was ist es? Ein Wecker, eine Uhr. Er staunt nicht schlecht, dass nun der Bahnhof von Flüelen seine Bahnanlage ergänzt. Die Bahnhofsuhr ist schon aufgezogen und tickt und läuft. Vater Theodor ist begeistert von seinem Geschenk, passt es in die Anlage ein und spielt. Manövriert die Bahnwagen vorwärts und rückwärts. Laurent schaut zu.

Sehnlichst erwartet Laurent seinen ersten Schultag. Nun ist er da. Die Mutter begleitet ihn. Päuli stürmt aus dem Nachbarhaus. Gemeinsam machen sie sich auf den Weg zum Fluss. Es ist der erste helle, warme Frühlingsnachmittag. Die Weiden am Wasser beginnen Farbe anzunehmen. Die Sonne wärmt das Gras. Der Fluss riecht nach Wasser. Päuli verspricht Laurent, dass er mit ihm und mit seinem älteren Bruder im Sommer in einem Autoreifen über den Fluss setzen will. Er erzählt, man könne auch in die Pontonierschiffe einsteigen, von dort aus sei das Fischen ganz leicht. Alles tönt aufregend und verlockend. Vor dem Schulhaus steht Laurents Onkel Paul. Er will Laurent zum Schulanfang fotografieren. Päuli reisst ihn von hinten am Schulsack auf den Boden. Die sauberen Hosen sind nun nass und dreckig. Gestern regnete es noch, die Pfützen sind noch nicht ausgetrocknet. Hedi versucht mit ihrem Taschentuch zu trocknen und zu putzen. Aus dem Foto wird nichts.

In der ersten Schulstunde dürfen die Kinder eine Zeichnung machen. Laurent wählt als Sujet einen Kaminfeger mit Zylinder und Leiter. Zu Hause will er zuallererst der Grossmutter die Zeichnung mit dem Kaminfeger zeigen. Schön hast du das gemacht, deine Mutter wird diesen Glücksbringer aufbewahren, sagt sie. Laurent möchte die Zeichnung auch seinem Grossvater zeigen, aber er ist seit einiger Zeit krank und liegt im Bett. Seine Augen haben den Glanz verloren, die Hände ruhen blutleer auf der Decke, seine Kraft richtet er auf sich selbst. Laurent erzählt ihm, dass Onkel Paul ihn fotografieren wollte und dies dann nicht ging, wegen der dreckigen Hose.

☆☆☆

Laurents Onkel Paul ist Polizeivorsteher in Hottingen und bringt jeweils seine Frau Irma in den Coiffeursalon von Hedi. Hedi weiss, dass Irma gerne ein Glas Wein trinkt, während die Haare gewaschen, geschnitten und in Locken gelegt werden. Irma fragt Hedi, ob Laurent wieder einmal bei ihnen ein paar Tage verbringen dürfe. Er habe ja im Sommer Ferien. Irma und Paul haben keine Kinder.

In den Jahren, als Paul in La Chaux-de-Fonds seine Konditorei führte, wollte er sich dort integrieren. Er gab sich Mühe, Französisch zu sprechen und schloss sich auch dem Turnverein an. Dort war er ein respektierter Kunstturner, sozusagen eine sportliche Grösse im Turnverein. Wagte viel. Riskierte bei Sprüngen und Überschlägen, verletzt zu werden. Jedes Jahr im Winter fand an einem Samstag eine Abendunterhaltung statt. Das Publikum war zahlreich und erwartete einigermassen akrobatische Leistungen, so wie auf dem Plakat angekündigt. Paul war der Vorzeigemann in vorderster Reihe. Am Reck, an den Ringen und vor allem am Barren zeigte er sein Können. Das Publikum beklatschte ihn während seiner Vorstellung. Jedoch jäh vor dem krönenden Abgang am Barren verfehlte er den Holmen und schlug mit seinem vollen Gewicht auf die Hoden. Der Arzt stellte fest, dass Paul sich mit der Kinderlosigkeit abfinden müsse. Das war ein bitterer Schlag in jungen Jahren. Mit dieser Gewissheit konnte sich Irma nie ganz abfinden und deshalb war es jeweils eine grosse Freude, wenn Laurent auf Besuch kam. Sie herzte und küsste ihn, hielt seine Hand und tätschelte sie. Laurent war nicht verschmust. Er mochte das nicht, wich aus und enttäuschte Irma.

☆☆☆

Laurent war inzwischen ein grosser Junge geworden. Er ging gerne zur Schule, war kühn und fühlte sich stark. Auch liess er sich zu manchem Unfug hinreissen. Er strapazierte die Lehrerin Frau De Fries; ihr Geduldsfaden riss oft und die Hand rutschte aus, auch an jenem Nachmittag wollte sie zuschlagen. Aber Laurent war flink, kehrte sich blitzschnell um. Sie versuchte es noch einmal, aber er versperrte ihr den Weg mit Stühlen und rannte durchs Schulzimmer. Beim Mineralienkasten kam er nicht mehr weiter, Frau De Fries erhob nochmals die Hand gegen ihn, aber diese knallte auf den Kasten. Die ausgestopften Vögel kippten um und die präparierten Schmetterlinge verschoben sich in eine Ecke. Frau De Fries' Hand wurde rot und schwoll an. Dennoch schrieb sie gleich einen Brief, den Laurent seinen Eltern abgeben sollte. Das Schreiben trieb bald die Limmat abwärts. Laurent wurde dafür von seinen Mitschülern masslos bewundert. Am nächsten Tag nahm ihn die Lehrerin beiseite und fragte: "Was haben deine Eltern gesagt?" Laurent erwiderte: "nichts"; was nicht gelogen war.

Im Sommer machte Päuli sein Versprechen wahr. Er kam mit seinem Bruder, der einen Autoreifen auftreiben konnte, und sie setzten über den Fluss. Laurent konnte noch nicht schwimmen. Ein gefährliches Unterfangen. Zu Hause erzählte er vom Abenteuer und niemand ausser ihm war begeistert. Theodor sagte: "Am Samstag lernst Du Schwimmen." Nach viel Wasserschlucken und allzu schnellen Bewegungen konnte er sich gegen Abend über Wasser halten.

Neu in seine Klasse kam ein Bub aus dem Sydefädeli. Laurents Onkel Paul hatte als Polizeivorsteher Kenntnis von den misslichen Verhältnissen in dessen Familie. Flüche und Schläge gehörten zum Alltag. Alle nannten ihn Böbsli. Ein kleiner, magerer Bub mit leicht gekrümmtem Rücken, auf dem sich allzu oft Hiebe austobten. Weil er neu war in der Schule und aus der ärgsten Schmuddelecke der Stadt kam, gingen ihm die Schüler aus dem Weg, auch Laurent. Frau De Fries blieb neutral. Es war, als ob sie nun eine Gelegenheit witterte, Laurent für seinen Vorwitz etwas heimzuzahlen. Sie schrieb an die Wandtafel, dass alle am nächsten Tag ein frisches Taschentuch mitbringen sollten. Als einziger vergass es Laurent und er musste zusammen mit Böbsli im Takt zu "roti Rösli im Garte" das Tüchlein schwingen, mit Böbslis ungebügeltem Taschentuch. Laurent schämte sich. Er wusste, das war seine Strafe.

Es war nur eine einzige Sache, die Laurent an seiner Lehrerin Frau De Fries mochte, und das war ihre Schrift. Wenn sie an der Wandtafel stand in ihrem braunen Kostüm und der weissen Bluse, flossen aus ihrer Hand malerisch, leicht und mäandernd die Buchstaben regelmässig und schön auf die Tafel. Laurent staunte und konnte sich kaum sattsehen, wie sie a o u e mit Farben schattierte, bis zur dreidimensionalen Wirkung. Laurent lernte das harmonische Zusammenspiel der Farben kennen. Das künstlerische Empfinden siedelte sich prägend an in seinem kindlichen Inneren.

Paul nahm Böbsli oft mit nach Hause. Irma liebte den Jungen und er hatte es gut bei ihnen. Er ging nun ein und aus dort und wurde wie ein eigenes Kind aufgenommen und geliebt. Später wurde Böbsli von Paul und Irma adoptiert. Er durchlief die Schuljahre ohne Probleme, lernte ein Handwerk und blieb im Quartier.

Seinem Pflegevater Paul war kein langes Leben beschieden. Er war kaum fünfzig Jahre alt, als er bei einem brüsken Bremsmanöver des Trams mit seinem Brustkorb an eine Haltestange stiess und eine Rippe brach. Beim Röntgen stellte man Lungenkrebs in fortgeschrittenem Stadium fest. Er musste seine Arbeit als Polizeivorsteher in Hottingen aufgeben. Seine Kräfte liessen bald nach. Sein Atem ging schwer und die grenzenlose Müdigkeit machte es ihm leichter, auf dem Kanapee zu liegen und dem langsamen Tod entgegenzugehen.

Irma war umsichtig. Mit dem Rauchen hielt sie sich jedoch zögerlich zurück, auch eine Flasche Kalterer stand immer bereit in der Küche. Paul konnte kaum mehr essen und die Lust auf Wein war weit in die Ferne gerückt. Irma kochte weiches Gemüse und er schlürfte die Suppe. Oft verschluckte er sich. Schnappte dann mit pfeifenden Atemzügen nach Luft. Eines Abends nach langem Todeskampf starb er vor Erschöpfung in den Armen von Irma. Irma musste sich mit der neuen Lebenssituation abfinden und Böbsli war ihr eine Stütze, auf ihn war Verlass. Obwohl ihr Hausarzt im Quartier sie immer wieder daran erinnerte, dass das Rauchen und Trinken ihrem Augenlicht abträglich sei und dass sie im Alter erblinden würde, genoss sie den herben Geschmack des Kalterers und zog den Rauch genüsslich ein oder kaute Tabak. Sie erblindete. Böbsli blieb an ihrer Seite, bis sie hochbetagt in ihrem Heim in Hottingen diese Welt verliess.

Böbsli wurde nie ein Freund von Laurent, weder während der Schulzeit noch im späteren Leben. Laurent verbrachte lieber die Zeit mit Päuli und den anderen Kindern in der Nachbarschaft. Ihr Schulweg führte an der Limmat entlang. Es war ihr Fluss. Er bot viel Abwechslung auf dem Weg zur Schule. An ausladenden Bäumen schwangen sich die Buben weit übers Wasser und flogen mit Schwung wieder zurück ans Ufer. Steine schieferten zählend, hüpfend über die Wasseroberfläche und Laurent gewann manche Wette.

Am Ufer des Sihlquais reihten sich die Wohnhäuser mit kleinen Läden im untersten Geschoss. Im Frühling dufteten die roten Ahornblüten und die Maikäfer frassen sich an den jungen Blättern satt, ausser sie wurden von den Schülern frühmorgens überrascht. Sie schüttelten die Bäume, die Maikäfer flogen zappelnd in die ausgebreiteten Tücher und führten ihr Leben in Schuhschachteln in den Kinderzimmern weiter oder versuchten vergebens in die nächste Baumkrone zu flüchten.

Im Quartier wohnte eine Hebamme, die musikalisch war und einige Instrumente spielte. Sie half nicht nur vielen Kindern auf die Welt zu kommen, sondern brachte auch vielen Kindern die Musik näher. Mutter Hedi und Vater Theodor waren daran interessiert, ihrem Sohn möglichst viele Wege des Lernens aufzuzeigen und schickten Laurent zum Blockflötenspiel zu Hebamme Anna. Es war abgemacht, dass Laurent jede Woche einmal eine Stunde den Unterricht besuchte. Mit 50 Rappen im Hosensack machte er jeweils den Weg zu Anna. Bereits beim Eingang auf der Treppe wartete Hebamme Annas Katze, sie faszinierte ihn. Mit dem Schwanz nach oben ging sie voraus in die Stube und machte es sich auf dem Sofa bequem. Die anderen Kinder waren oft bereits dort und weil kein Stuhl mehr frei war, musste Laurent auf dem Sofa Platz nehmen. Das war ihm gerade recht. So konnte er der Katze nahe sein, er kraulte sie hinter den Ohren, streichelte ihr glänzendes weiches Fell. Es war warm und kuschelig. Auch die Zeichnung des Fells gefiel ihm, gesprenkelt in hell und dunkelbraun und schwarz. Und wenn sie sich an ihn schmiegte und zu schnurren begann, vergass er, weshalb er hier war. Hörte von weitem, wie die anderen Schüler spielten und unterrichtet wurden in C-Dur, F-Dur, G-Dur.

Eines Tages fragte er Anna, ob er die Katze mit nach Hause nehmen dürfe. Anna fragte, ob seine Eltern das wüssten. "Ja, ja, die haben Freude an Katzen", meinte er. Das nächste Mal trug er die Katze nach Hause. Sie liess es gerne geschehen. Das Vorhaben hatte einen Haken, die Eltern waren eher erstaunt, als Laurent sie auf das Sofa legte. Der Vater sagte: "Bring sie zurück, die können wir hier nicht haben." Laurent streichelte Miggeli, schaute die Mutter an und dann den Vater – und die Katze blieb. Eines Morgens bekam Miggeli drei Junge und legte sie in der Nähe des Brotkorbs in der Küche ab. Theodor entdeckte sie zuerst und fragte Hedi nach ein paar weichen, wollenen Tüchern. Die Jungen seien noch nackt und zart und brauchten etwas Weiches und Warmes. So fand Laurents Katze den Weg in das Herz der ganzen Familie.

Der Blockflötenunterricht endete vordergründig in einem Streit mit Laurents Mitschülern. Die Bubenschar verzahnte sich ineinander. Päuli schlug die Blockflöte zuerst auf einen Gartenzaun, dabei zerbrach das Gewinde der Flöte, sie lotterte und landete dann auf irgendeinem Kopf des kämpfenden Knäuels, so gab er ihr den Rest. Die Musiklaufbahn von Laurent nahm für immer ein Ende. Aber im Grunde genommen bestimmte die Katze diese Wende und Laurent war nicht unglücklich darüber.

Der Hinterhof der Häuser war der beliebteste Platz für die Kinder im Quartier. Laurent tollte an schulfreien Nachmittagen mit seinen beiden Cousinen Gabi und Lore wild umher. Gabi war die ältere und flink wie ein Wiesel. Lore hatte schon früh die kecke Art der Göre, witzig und schnell waren ihre Reaktionen, ob verbal oder in Gesten. Laurent wartete jeweils im Hof, bis die beiden eintrafen. Einmal kamen nicht die beiden Cousinen, sondern Ernst, der Vater. In seinen Augen lag etwas Unruhiges, Ungutes. Als er Laurent sieht, schickt er ihn brüsk nach Hause. Seine Mutter sitzt in der Küche und die Besorgnis steht ihr ins Gesicht geschrieben. Gabi hat Kinderlähmung. Sie ist im Spital, man versuche, sie mit der eisernen Lunge am Leben zu halten. Besuche. Nein, keine. Gabi kommt nach langen Therapieaufenthalten wieder nach Hause. Ihr linker Fuss bleibt gelähmt. Sie geht mühsam. Schleppt den Fuss nach. Ihr Leben wird geprägt sein durch die Folgen dieser Krankheit. Ihr Berufswunsch, Lehrerin zu werden, wurde ihr verwehrt und sie übernahm später das Friseurgeschäft ihres Vaters.

An einem trüben Sommertag stirbt Laurents Grossvater. Drei Tage und drei Nächte wird er in der Stube aufgebahrt. Freunde, Verwandte, Bekannte kommen. Die Grossmutter trauert um ihren Mann und Lebensfreund. Hedi und Ernst schliessen den Friseurladen für zwei Tage. Paul ist der Mutter in den administrativen Dingen behilflich. Als Beamter hat er am meisten Kenntnis über die Papiere, die geändert werden müssen. Auch Grossmutters ältester vorehelicher Sohn Fritz kommt. Er versieht einen höheren Posten in der Bierbrauerei in Winterthur. Er hat nur wenig Zeit. Es ist nicht sein Vater. Seine Vaterschaft ist unter Siegel. Vermutungen gehen in Richtung der Bierbrauerei. Die Anstellung dort war für ihn leicht und die Leiter für die Karriere stand bereit. Nun steht er da im Raum neben seiner Mutter, wirkt verloren und abwesend.

Laurent sieht zum ersten Mal einen Toten. Erschrocken weicht er vom Sarg zurück. Das ist nicht Grossvater, denkt er, seine Haut ist gelb, sein Schnurrbart wegrasiert. Langsam fängt er an zu weinen. Er erkennt seinen Grossvater nicht wieder. Für Laurent hat der Tod ein Gesicht bekommen. Er weint nun laut und sein Weinen löst die Tränen aller.

Man trägt nun seinen Grossvater zu Grabe. In der kleinen, eher kahlen, fast schmucklosen Kirche im Quartier versteht es der Pfarrer, den Trauernden Worte zu geben, damit sie zu sich selbst finden können. Sie singen "Grosser Gott, wir loben dich". Das Lied mit der geläufigen Melodie und dem bekannten Text vereint für eine Weile Familie und Angehörige. Auf dem grossen Friedhof mit den hohen, exotischen und alten Bäumen hat der Friedhofgärtner die Erde aufgemacht und vorbereitet für Grossvaters Platz.

Im nahegelegenen Restaurant im Quartier essen alle, auch Nachbarn und Freunde, ein einfaches Mahl. Die Grossmutter erzählt, dass sie Gottlieb gewarnt habe, in seinem Zustand noch ein kaltes Bier zu trinken. Aber er wollte es so und das hätte ihn ins Grab gebracht.

So gegen vier steigen im Restaurant der Alkohol- und der Lärmpegel in gleicher Weise. Der Wein löst die Zungen. Er gibt den Raum frei für Überschwang, Schulterklopfen, aber auch für Spannungen und Reibereien, die der Tod eines Familienmitgliedes unverhofft aufblitzen lässt. Grossvater war das Familienoberhaupt, er wurde in der Familie respektiert. Die Grossmutter war in seiner Abhängigkeit. Sein Gehen hinterlässt ein Vakuum, das gefüllt werden will. Ihr unehelicher Sohn Fritz erhebt diesen Anspruch eher nicht. In seiner Anstellung in der Bierbrauerei in Winterthur und in seinem Umfeld kann er sich entfalten und erhält Anerkennung. Auch Sohn Paul hat als Polizeivorsteher ein recht ausgefülltes Leben. Er ist gut eingedeckt mit Arbeit, sein Posten ist angesehen. Es ist Ernst, der unmerklich die Hand auf die Schulter seiner Mutter legen könnte; sie führen und beeinflussen ist er im Stande. Da liegt Zündstoff drin, der lieber nicht entfacht werden sollte. Die Besitzverhältnisse des Friseursalons an der Langstrasse, der von den Geschwistern Ernst und Hedi betrieben wird, lassen Fragen offen.

Die Grossmutter ist still geworden. Sie versucht Laurent an sich zu ziehen, aber er ist mehr interessiert an seinen beiden Cousinen Lore und Gabi und windet sich aus ihren Armen.

Langsam stehen einige auf und lösen sich vom angeregten Gespräch, verabschieden sich und versprechen, bald wieder Kontakt aufzunehmen, zu schreiben oder an Weihnachten anzurufen.

Auch Päulis Mutter, die zur Beerdigung und zum Leichenmahl erschienen war, machte sich langsam ans Gehen. Sie erzählte Hedi und Theodor noch, dass Päuli nun in Laurent einen Freund gefunden habe. Sie hätten noch viel miteinander vor. Ihr Sohn sei immer voller Ideen. Während sie sprach, fiel ihr Blick auf Hedi. Ihre Augen wurden schmal, ihren Mund presste sie zusammen. Die Lippen verschwanden. Sie betrachtete Kleid, Hut, Schuhe und zischte schnippisch, dass ihr Mode nichts, aber überhaupt gar nichts sage. Sie verabschiedete sich, nahm den Weg gleich um die Ecke und ging heimwärts.

Da die Familie von Päuli in Laurents Nachbarschaft wohnte, sah man sich, ob man wollte oder nicht. Äusseres und Freizeitgestaltung blieben nicht verborgen, alles wurde bemerkt und kommentiert. Und wenn man etwas nicht sah, konnte man sich doch einiges zusammenreimen. Päuli hatte eine ältere Schwester. Sie fiel schon gegen Ende der Schulzeit als gut gebaute junge Frau auf. Nicht nur die Nachbarschaft hatte die Quartierschönheit im Auge, man sprach davon, dass sie dann und wann von einem Scheich abgeholt und erst spät in der Nacht mit einer grossen Limousine zurückgebracht würde. Jeweils in der darauffolgenden Woche kaufte die Mutter in den Läden gehörig ein, reichlich von allem und auch vom Feinsten. Der Vater schleppte harassenweise Bier und Wein in den Keller und Päuli spienzelte genüsslich das teure Schleckzeug im Quartier. Das Mädchen sah man für Tage nicht.

Nach dem Tod von Laurents Grossvater brodelt es in der Familie. Die Grossmutter schweigt. Ihr Sohn Ernst drängt auf klare Verhältnisse im Friseurladen. Hedi im Damensalon hat gute Kundschaft, daran mangelt es nicht. Trudi, die Frau von Ernst, kommt oft so gegen sieben Uhr am Abend und bedient sich an der Kasse für dieses und jenes, wie sie sagt. Hedis Geld verschwindet in der Tasche von Trudi. Das gibt böses Blut. Die Stimmung wiegelt sich allmählich auf und endet in unschönen Gehässigkeiten. Es braucht nur noch einen Funken, eine Kleinigkeit, die den Eklat zum Ausbruch bringt. Und dieser Funke entzündet sich an einem Haartrockner, dessen Besitz unklar ist. Hedi und Ernst streiten. Hedi eilt nach Hause. Laurent sieht zum ersten Mal seine Mutter weinen, aus purer Wut und Bitternis. Ihr Haar ist zerzaust, die Schminke verschmiert, ihre Kleider zerrissen. Es war ein würdeloser, niedriger Kampf unter Geschwistern.

Hedi betrat den Friseurladen nie wieder. Sie richtete sich in ihrer Wohnung einen kleinen Damensalon ein, nannte ihn Salon Mariette und betreute dort weiterhin Ihre Kundschaft. Die Familienbande waren entzweit für immer. Laurent wird jahrzehntelang jeweils an Allerheiligen, nach dem Niederlegen des Grabschmucks für seine Eltern, kopfschüttelnd am Grab von Ernst und Trudi stehen, sich dann abwenden und still in Gedanken versunken den Friedhof verlassen. Verstanden hat er diese Feindschaft unter Geschwistern und das Sich-fremd-werden, auch mit seinen beiden Cousinen, nie.

Theodor konnte oft von seinem Arbeitgeber ein Auto ausleihen. Dann war an Sonntagen für Hedi und Theodor Ausfahrtstag, in der Regel mit amerikanischen Luxusmodellen. Manchmal hatte der Wagen einen durchgehenden Sitz vorne und Laurent sass zwischen seinen Eltern. Im Frühjahr gingen die Fahrten in die Gegenden, wo die Bäume in voller Blütenpracht standen. Und weil Theodor ein leidenschaftlicher Auto- und Motorradfahrer war, waren im Sommer die Berge das Ziel ihrer Sonntagsfahrten. Theodor wusste, wie man die engen Bergkurven optimal anfährt. Er kannte alle Alpenpässe und beherrschte das Fahren der Kurven von Norden und von Süden her, sei es mit dem Motorrad mit Seitenwagen oder mit dem Auto. Im Herbst besuchten sie Jahrmärkte oder gondelten über Land, durch kleine Dörfer und entlang den buntfarbigen Wäldern. Sie wussten das Leben zu leben und zu lieben. Auch im hohen Alter war das Lebensbuch von Hedi und Theodor reich an guten Seiten.

Hie und da ging die Fahrt nach Winterthur zu Hedis Halbbruder Fritz, der mit seiner Familie in einem ruhigen, schönen Stadtquartier abseits des Industrielärms wohnte. Klärli, die Ehefrau von Fritz, nutzte den Besuch jedes Mal für eine Neuauflage oder das Auffrischen der Benimm-dich-Regeln. Klärli war erpicht darauf, Etikette zu wahren. Sie kochte, tischte Spezielles auf und wachte darüber, dass mit der richtigen Gabel, dem richtigen Messer gegessen wurde. Sie hatten zwei Söhne, der ältere hiess wie sein Vater Fritz, der jüngere, fast gleich alt wie Laurent, war Dieter. Klärli sah eine akademische Karriere für ihn vor. Ausführlich und erschöpfend wurden die Möglichkeiten der Laufbahnen aufgezeigt. Theodor und Hedi zeigten sich einigermassen beeindruckt, doch mehr nicht. Nach dem Essen ging man noch etwas Trinken im Restaurant. Laurent dachte sich immer wieder aus, es zu wagen, etwas anderes als das von Fritzens Bierbrauerei extra für Kinder hergestellte Getränk zu bestellen. Es kam wieder nicht so; als der Kellner fragte, welches Getränk Laurent möge, sagte Tante Klärli: "...und Laurent nimmt ein Bivo".

Auf den Sonntagsausflügen, wenn Laurent mit seinen Eltern unterwegs war, erzählten Hedi und Theodor Geschichten und Begebenheiten aus der Kindheit. Vor allem wenn die Reise in die Berge führte, gingen Theodors Gedanken weit zurück und er erinnerte sich an seine ersten Kinderjahre.

Er wächst bis zu seinem sechsten Lebensjahr in Davos auf. Er spricht ein Mischmasch von Schwäbisch und Rätoromanisch. Die junge Mutter, Waltraut, darf Theodor in ihrem Zimmer im Hotel, wo sie arbeitet, unterbringen. Es ist mehr eine Kammer als ein Ort, wo man sich gerne aufhält. Als Kleinkind wird er tagsüber von der Wäscherei in die Glätterei, von der Wäschekammer in die Korridore geschoben. Später tapst er hin und her, muss sich verdrücken, um nicht im Wege zu sein. Die Küche ist sein Lieblingsort. Dort riecht es gut und ist immer warm. Er isst gerne und das erfreut das Küchenpersonal. Sie mögen den ruhigen, braven Burschen. Mutter Waltraut hat keine Zeit und macht nach Möglichkeit einen Bogen um die Küche. Es naht der Tag, an dem Theodor zur Schule muss. Waltraut erwägt einen Umzug ins Unterland. Seit ein paar Wochen korrespondiert sie mit einem Mann. Eine vielversprechende Verbindung scheint sich anzubahnen. Theodor steht im Weg. Es muss eine Lösung gefunden werden. Ihr Verlobter Leuzinger schlägt vor, Theodor in Zürich den beiden ledigen Schwestern Oechsle-Nonnemann zu geben.

Sie sind die Cousinen von Waltraut aus dem Württembergischen und haben sich nach dem ersten Weltkrieg in Zürich niedergelassen. Aus dem Betrieb von Nonnemann war noch etwas Geld vorhanden. Sie liebten das Geld und so blieb es auch bei ihnen. Ihr Sparsinn und Vorausblick paarten sich wundersam, und so wurden sie Besitzerinnen von Liegenschaften an der Helenastrasse im Seefeld in Zürich.

Sie wohnen auch dort und betreuen ihre eigenen Häuser. Theodor wäre nützlich für Botengänge und weil er ein Bub ist, könnte er vielleicht bald für Klempner- und Gartenarbeiten gebraucht werden. Das ist der Plan und Waltraut ist das recht so. Theodor zieht bei den herben Schwestern ein und Waltraut heiratet Leuzinger. Schon bald merkt Waltraut, dass sie sich in der Ehe nicht unterordnen kann und will. Ihre Selbstständigkeit steht ihr im Weg. Sie will arbeiten und nimmt eine Anstellung in einer Wäscherei an. Sie verdient gut. Mit ihrem Ehemann kommt es auch aus diesem Grunde immer wieder zu Reibereien. Sie will den grössten Teil des Geldes, das sie verdient, für sich behalten und ist nicht gewillt, den ganzen Betrag an Leuzinger abzuliefern. Nach einem Jahr wird sie schwanger und sieht ihre Pläne für mehr Selbstständigkeit im Wind. Adölfli wird geboren. Nicht Freude, sondern Schreck lähmt Mutter und Vater. Adölfli kommt mit einem Wolfsrachen und einer schrecklichen Hasenscharte zur Welt.

Theodor sieht seinen Halbbruder wenig, nur hie und da an Sonntagen kommt seine Mutter und sie spazieren am

Seeufer. Das entstellte Gesichtchen von Adölfli bedeckt sie mit einem Tuch. Die Spaziergänge sind kurz, fast wortlos wird der Kinderwagen den Quai entlang geschoben.

Am ersten Geburtstag von Adölfli erkrankt der Kleine. Mit hohem Fieber, Schüttelfrost und Atemnot bringt Waltraut ihn ins Spital. Nach kurzem Kampf kommt der Tod. Diphtherie ist eine weitverbreitete Krankheit und nimmt Kindern und Jugendlichen in frühem Alter rücksichtslos das Leben. Waltraut wird zu Eis, die Trauer verbirgt sie und stürzt sich in die Arbeit. In der Ehe gehen Vorwürfe zwischen Leuzinger und Waltraut täglich hin und her. Harte Worte fallen. Schuld wird zugewiesen und zurückgeschleudert. Waltraut weicht aus und entschliesst sich zur Scheidung.

Sie hat Pläne und will diese umsetzen. In Altstetten steht ein Lokal zur Vermietung ausgeschrieben; die Grösse und die Lage wären für eine Wäscherei geeignet. Eine eigene Firma, das will Waltraut, und setzt nun alles daran, diesen Weg weiter zu verfolgen. Mit Verstand, Klugheit und starkem Willen geht sie ihrem Ziel entgegen. Sie mietet das Gebäude und rüstet es mit einfachen Geräten aus.

Sie wäscht geübt und gründlich, bügelt Kleider mit Falten und Rüschen, steift fachgerecht Hemden und Blusen. Ordentlich und möglichst pünktlich bringt sie die Wäsche ihren Auftraggebern zurück. Anfänglich belädt sie dafür ihr Fahrrad, liefert die Ware aus und holt sie ab, in der ganzen Stadt. Ihre Kunden sind mehrheitlich vom Zürichberg. Sie müht sich die steilen Strassen hinauf. Sie weiss, dass dies auf die Dauer nicht geht, die Aufträge sind da, sie muss schnell liefern können, die Kunden drängen darauf. Sie muss etwas ändern. Einen Mann für das Ausliefern der Wäsche anzustellen, das wäre vielleicht eine Idee, aber an diesen Gedanken kann sie sich momentan noch nicht gewöhnen und verwirft ihn. Ihre schlechten Erinnerungen an die männliche Obrigkeit sind nicht vernarbt. Nach zwei Jahren wagt sie es, Autofahrstunden zu nehmen. Es gelingt ihr, als erste Frau in der Stadt Zürich den Führerausweis für Personenwagen und Lieferfahrzeuge zu machen. Mit dem angesparten Geld kauft sie einen kleinen Lieferwagen. Langsam laufen die Geschäfte gut, sie kann mehr Aufträge annehmen, der Lieferdienst ist schnell und auch die Steigungen zum Zürichberg sind nun gut zu überwinden.

Für Theodor bleiben ein Familienleben und Zugehörigkeitsbande etwas Fremdes. Er geht im Seefeld zur Schule. Das Schulhaus ist nahe beim Zuhause seiner beiden Tanten, wie er sie nennt. Sie wachen über ihn und die Arbeit nach der Schule liegt täglich bereit.

Nach der Schulzeit macht er eine Lehre als Karosseriespengler im Industriequartier in Zürich. Mit dem Lehrabschluss arbeitet er weiterhin in seinem Lehrbetrieb. Die Berufswahl, das Handwerk war richtig, er arbeitet mit Freude mit seinen Händen. Nebenbei treibt er noch immer Mieten ein und erledigt Flickarbeiten an den Wohnungen der Tanten Oechsle-Nonnemann.

Dann passiert etwas Unerwartetes: Die Schwestern machen Theodor klar, dass er ausziehen muss. Er soll sich eine neue Bleibe suchen, was ihm nicht ganz ungelegen kommt. Er hat seine Lebensliebe in Hedi gefunden und möchte bald heiraten. Oft denkt er noch über die Gründe nach, die die Schwestern Oechsle-Nonnemann bewogen haben, ihn so schnell wie möglich aus dem Haus haben zu wollen. Denkbare Gründe sind die Frage über die Abgeltung von Theodors jahrelangen Diensten, oder war es die Beziehung zu Hedi, die nun in seinem Leben eine wichtige Rolle zu spielen beginnt. Als Abschiedsgeschenk, das er als Lohn zu verstehen hat, übergeben ihm die Schwestern Oechsle-Nonnemann eine Neuenburger Pendule. Sein Sohn Laurent wird für diese Uhr Zeit seines Lebens wohl oder übel einen Platz finden müssen.

Hedi erzählte Theodor, dass sie in Winterthur aufgewachsen sei. Ihre Familie bewohnte eine Dienstwohnung in einem Mehrfamilienhaus, die ihr Vater als Gefängnisverwalter zugeteilt bekam. Hedi als einzige Tochter wurde streng und behütet erzogen. Sie bewegte sich meist im Hause oder im Garten und führte ein eher klösterliches Leben. Ihre drei Brüder waren an lockeren Zügeln. Sie lebten ihre Sturm- und Drangzeiten aus. Vater Gottlieb war grosszügig und drückte oft ein Auge zu. Er war beschäftigt.

Die Arbeit als Gefängnisverwalter war ein weites Feld und beinhaltete eine Reihe von vielschichtigen Aufgaben, von den angenehmen bis zu den delikaten Dingen. Und nur per Zufall bemerkte er, dass sich ein Techtelmechtel anbahnte zwischen einem seiner jungen Angestellten und einer Gefangenen. War es bereits ein Liebesverhältnis oder konnte er es noch verhindern? Es war zu spät, die Sache flog auf. Der Skandal war perfekt. Der Junge musste Rede und Antwort stehen vor Gericht und Gottlieb verliess bald seine Stelle und zog mit seiner Familie nach Zürich. So konnten sie sich dem Stadtgespräch entziehen und der Sache den Rücken kehren, mindestens örtlich. Durch Vermittlung seines Sohnes Paul bekam er eine Anstellung bei der Stadtpolizei.

Bald nach dem Umzug kam ein Schreiben, es war eingeschrieben vom Gericht. Mit Bange wurde es geöffnet, war es noch eine Hiobsbotschaft? Nein, es war eine Urkunde, die besagte, dass Gottlieb und Rosette ein kleines Erbe erhalten würden. Ein kinderloses Ehepaar, das auf derselben Etage im Hause in Winterthur wohnte, vermachte ihnen ihr kleines Vermögen. Im Schreiben formulierten sie, wie sehr sie die über Jahre dauernde liebevolle Pflege und Zuwendung ihrer Nachbarn Rosette und Gottlieb schätzten.

☆☆☆

Laurent war nun in einem Alter, in dem er Wünsche hegte, die nicht hinterfragt werden sollten; diesmal war es ein Bolzen-Gewehr. Vater Theodor hatte Verständnis für diesen Wunsch und zu Weihnachten lag ein solches Gewehr unter dem Christbaum. Laurent war gespannt, was wohl seine Schulkameraden dazu sagen würden und wartete sehnlichst auf das Ende der Weihnachtsferien. Er bastelte Schiessscheiben, kleine Zeigetafeln in schwarz und weiss und organisierte bereits in der ersten Woche des Jahres ein Wettschiessen. Es fand im Kellereingang statt. Ein Schuss kostete 10 Rappen. Die Buben kamen, Laurents Kasse klingelte, seine ersten Bundesordner wurden angelegt, die Buchhaltung eröffnet und seine rechnerischen Fähigkeiten konnten umgesetzt werden.

Päuli schlug vor, einmal aus einem Fenster hinaus zu schiessen, in die Luft oder auf Vögel. Mancher Spatz fiel zu Boden. Als dann die Meisen ins Visier genommen wurden, intervenierte die Nachbarin. Da blieben noch die Ratten an der Limmat, sie waren so zahlreich und niemand störte sich an deren Dezimierung. Dann zielte Päuli über die Strasse und drückte ab und traf einen vorbeifahrenden Velofahrer auf seinen Rücken. Zur Erleichterung und Verwunderung führte dieser die Fahrt fort, ohne sich etwas anmerken zu lassen. Als sich Laurent und Päuli wieder den Ratten zuwandten und erfolgreich jagten, stand plötzlich die Polizei vor ihnen. "So, ihr beiden Texas-Brüder, gebt das Gewehr her und kommt mit auf den Posten." Sie folgten den Polizisten entlang des Sihlquais bis zum Polizeirevier. Es war ein Spiessrutenlauf; die Bäckersfrau, der Metzger und der Gemüsehändler erkannten die beiden Buben, machten ihre Bemerkungen und verschwanden in ihrem Laden, um das Gesehene mit der Kundschaft zu kommentieren und zu diskutieren. Päuli grinste. Laurent schaute den ganzen Weg zu Boden und zählte zur Ablenkung seine Schritte.

"Name und Adresse!" Päuli wurde frech. Laurent machte alle Angaben, sein Herz klopfte. Beide Buben mussten mit je einem Polizisten begleitet nach Hause gehen. Vater Theodor entschuldigte sich und versprach ordnungsgemäss sofort das Gewehr zu verkaufen. Später gab er es für 50 Franken einem Arbeitskollegen.

Laurent lauerte auf den Moment, wo er zu seiner Grossmutter entfliehen konnte, um ihr das Ganze zu schildern. Der Moment kam, Laurent war ein guter Erzähler. Lang holte er aus, bis er zum springenden Punkt kam. Seine Grossmutter hörte zu. Sie wollte anfänglich nicht so recht gute Töne anschlagen, ihre Stimme klang hart und metallisch. Sie fragte gezielt, damit sie den Fall beurteilen konnte. Klipp und klar mahnte sie Laurent, mit der Polizei sei nicht zu spassen und er sollte doch besser ein wenig Abstand nehmen von Päuli. Ihre reiche Lebenserfahrung war ein farbiger

Teppich, sie traf auch diesmal die richtige Wahl der passenden Töne. Sie strich Laurent über seine Haare und wechselte dann bald das Thema, als ihr Untermieter, Otto von der Post, zur Türe hereinkam.

Nach dem Tod von Gottlieb hatte sie sich entschlossen, ein Zimmer zu vermieten. Otto meldete sich. Er arbeitete zeit seines Lebens auf der Sihlpost, war nun pensioniert und recht lebenslustig unterwegs. Das gefiel Rosette. Sie schaute ihn an, er zwinkerte mit seinen kecken Augen und brachte sie auch in ihrem fortgeschrittenen Alter noch zu einem leichten Erröten. Otto von der Post hat ihr Herz gewonnen. Sie kochte für ihn, wusch seine Wäsche und ihr Leben fing wieder an zu schwingen. Wenn Otto in der Wirtschaft nebenan mit der Serviertochter schäkerte, beobachtete Rosette alles genau. Nach ein oder zwei Römer Kalterer gingen Otto und Rosette dann doch gemeinsam heimwärts an die Gasometerstrasse. So wie Otto sich an der Gasometerstrasse zu Hause fühlte, so war auch Laurent gerne dort. Es war sein zweites Zuhause. Die Grossmutter sollte für ihn immer ein bedeutender Teil seines Lebens bleiben.

Laurent hatte lange überlegt, wie die 50 Franken, die vom Bolzengewehr gelöst werden konnten, gut anzulegen wären. Und so kam er auf den Gedanken, dass eine Angelrute genau das richtige sei. Vater Theodor war einverstanden und nun wurde das Geld für das Gewehr in eine Angelrute investiert. Die Angelrute war die beste und modernste, die für Kinder erhältlich war – aus Bambus mit Wurfrolle und automatischem Einzug. Laurent war begeistert von seinem Geschenk zu Ostern. Die Tage fingen an länger zu werden und seinem Plan, bald auf der Gemüsebrücke zu angeln, stand kaum mehr etwas im Wege. Nun stand er auf der Gemüsebrücke und suchte sich den für ihn geeigneten Standplatz aus. Die Würmer hatte er zuhause ausgegraben und in der Büchse versorgt. Er grübelte nun in den Würmern herum und steckte einen davon an die Angel. Der Wurf mit der modernen Wurfrolle gelang auf Anhieb, der Köder dümpelte in der Limmat auf und ab.

Er denkt, einem echten Fischer ist es nie langweilig, sieht auf das Wasser, beobachtet die Ufer, das Wasser fliesst ruhig, hie und da wechselt er den Köder. Ein Anflug von Erwachsensein und Unabhängigkeit streift seine Gedanken. Dann fühlt Laurent plötzlich einen festen Händedruck auf seiner Schulter. Er schaut sich um. Ein Fischer spricht ihn an, fragt nach seinem Fischerpatent. Laurent sagt er hätte kein Patent. Der Fischer nimmt seine Fischerrute und zerbricht sie. Der Traum vom Fischen auf der Gemüsebrücke ist ausgeträumt. Laurent radelt wütend mit der zerbrochenen Fischerrute nach Hause.

Die Eltern haben Besuch. Die Mutter von Theodor ist gekommen. Waltraut. Sie trinken Kaffee. Das Gespräch ist harzig. Waltraut erzählt, dass sie eine Frau kennengelernt habe und sie nun oft zusammen unterwegs seien. Frau Enz habe eine Zeltlifabrik in Altstetten. Zwei Angestellte können die Arbeit nun eigenständig weiterführen und so seien sie ungebunden und ihren Reisen stehe nichts mehr im Wege. Sie werden mehrheitlich in Österreich sein, wegen der Berge und des guten Essens. Theodor hört zu, anstandshalber. Er und seine Mutter sind sich nie nahe gewesen. Hedi schaut zum Fenster hinaus. Das Gespräch, das eher einem Monolog gleicht, geht durch sie hindurch. Im richtigen Moment stürmt Laurent herein mit der zerbrochenen Angelrute. Er ist wütend und seine Geschichte auf der Gemüsebrücke bricht aus ihm heraus. Seine Grossmutter Waltraut ist an dieser Geschichte nicht interessiert. Sie steht auf, verabschiedet sich und geht.

☆☆☆

In ihrer frühen Kindheit zügelte Waltraut mit ihren Eltern und ihrem kleinen Bruder Christof vom bayrischen Niederlamitz in die Nähe von Stuttgart. Niederlamitz war der Heimatort ihres Vaters Alois. In dieser ländlichen Gegend gab es neben der Landwirtschaft wenig Arbeit. Viele suchten ihre Beschäftigung in den grösseren Städten. Es war wenige Jahre vor der Jahrhundertwende. Die Industrialisierung war in vollem Gange. Die Bauern nahmen Arbeit an in der Industrie und verliessen ihre Höfe. Die Städte lockten die ländliche Bevölkerung an. Es wurden Hochhäuser gebaut, die vielen Arbeitern Wohnraum boten. Mit dem Umzug in die Stadt kamen auch Anonymität und Einsamkeit. Alois durchschaute die Lage und ihre Wirklichkeit. Und da die Familie von Waltrauts Mutter, die Familie Nonnemann, Alois eher drängte in den Familienbetrieb einzusteigen, war seine Wahl gemacht. Der Eisenwarenladen lief gut, Alois wurde im Lager und im Laden gebraucht. Der Schwager und eine ledige Schwägerin halfen ebenfalls mit. Waltrauts Mutter erholte sich schlecht von der Geburt ihres zweiten Kindes, ihres Sohnes Christof. Sie wäre als Mithilfe in der Administration vorgesehen gewesen. Jedoch erlaubten ihre Kräfte nicht, regelmässig zu arbeiten. Das Stehen machte ihr Mühe. Der Arzt stellte Blutarmut fest. Alles machte sie müde, ihr Arbeitswille war gelähmt. Freudlos kämpfte sie sich viele Jahre durchs Leben. Sie stirbt früh. Eine eindeutige Diagnose wurde nie gestellt.

Waltraut war eine junge Frau geworden. Ihr Bruder Christof ging noch zur Schule und Vater Alois hatte sich im Familienbetrieb Nonnemann integriert. Nach dem Tode seiner Frau fühlte er sich jedoch allmählich fremd in der Gegend und in der Familie Nonnemann. In schlaflosen Nächten dachte er über eine Auswanderung nach. Von einem weitentfernten Verwandten wusste er, dass dieser in Hamburg Kontakt zu einer Reederei hatte. Er suchte nach einer Möglichkeit, Verbindung aufzunehmen und es gelang ihm. Die Reederei trieb Handel mit Südamerika, besonders mit Pernambuco in Brasilien.

Alois sprach mit niemandem darüber, aber ein Hoffnungsfunke flackerte auf und förderte seine Abenteuerlust. Es war ein kühner Versuch. Aber er war fest entschlossen, seinem Leben nochmals eine Wende zu geben. Er fädelte alles ein, für die Überfahrt nach Pernambuco in Brasilien, für ihn und seine beiden Kinder Waltraut und Christof. Es waren Sommerferien und Christof konnte problemlos von der Schule weggehen. Nur Waltraut machte ihm Kopfzerbrechen. Sie war in letzter Zeit rebellisch, lehnte sich auf gegen jede Kleinigkeit, die ihr nicht passte, warf den Kopf auf und bockte. Er suchte nach einem geeigneten Tag, um es ihr zu sagen. Jedoch die Tage vergingen und er fand beim besten Willen keinen guten Moment. Nun war morgen der Abreisetag nach Hamburg. Er musste handeln und Waltraut über seine geplante Reise nach Südamerika aufklären.

Waltraut bäumte sich auf, sagte nein, warf sich auf das Bett, weinte und tobte. Sie weigerte sich, mit auf die Reise zu kommen. Ihre Auflehnung konnte nicht besänftigt werden und der Tag brach an. Vater Alois und Christof nahmen den Zug nach Hamburg und traten zu zweit die lange Reise nach Brasilien an. Waltraut wird ihren Vater nie mehr wieder sehen. Er verbrachte sein weiteres Leben bis zu seinem Tod in Pernambuco. Sohn Christof besuchte die Schulen nun in Brasilien, lernte die Sprache schnell und bildete sich zum Kaufmann aus. Sie eröffneten eine Gerberei und waren erfolgreich. Waltrauts Bruder Christof hatte das Glück, eine deutsche Frau kennenzulernen. Sie heirateten und bekamen drei Kinder, denen sie zum Teil deutsche Namen gaben, Hansruedi, Mercedes und Gustav.

Mitten in der Nacht packte Waltraut ihre Sachen in einen kleinen Koffer. Viel war nicht vorhanden, ein paar Kleider und sonst das Nötigste. Waltraud verliess das Haus ihrer Verwandten. Diese sollten davon nichts merken. Sie befürchtete, dass ihr Weggehen verhindert worden wäre oder dass man sie gezwungen hätte zu bleiben. Sie wäre eine gute Arbeitskraft gewesen im Betrieb von Nonnemann.

Zuerst suchte sie Unterschlupf bei einer Freundin in einem Vorort von Stuttgart. Ihre Eltern betrieben im Keller des Wohnhauses eine kleine Bierbrauerei. Es herrschte ein emsiges Treiben im Haus. Keiner hatte Zeit und Waltraut wusste, dass sie hier möglichst schnell wegmusste. Sie konnte im Zimmer ihrer Freundin zwei, drei Mal übernachten. Die jungen Frauen redeten bis weit in die morgendlichen Stunden hinein. Waltraut war fest entschlossen, Deutschland zu verlassen.

Sie wollte in die Schweiz, mit dem Geld, das ihr Vater ihr zurückgelassen hatte. In Stuttgart kaufte sie sich ein Eisenbahnbillet. Der Schaffner sagte ihr, dass sie in Karlsruhe umsteigen müsse, um nach Basel zu kommen. In Karlsruhe ging der nächste Zug nach Basel am kommenden Tag. Sie blieb auf dem Bahnsteig. Die Nacht war kalt, manchmal schlief sie ein, wurde bald wieder geweckt von herumstreunenden Hunden, von Arbeitern und Gesindel. Der Tag brach an, der Zug stand bereit und verliess nun bald fauchend und rauchend den Bahnhof. Für Waltraut begann die Reise in eine ungewisse Zukunft.

Sie kannte die Schweiz nur vom Hörensagen. Es hiess, dass hier die deutsche Sprache gesprochen werde, jedoch verstand sie kaum etwas. Nur stückweise erhaschte sie Wortfetzen, die ihrem Deutsch ähnlich waren. Sie hielt Augen und Ohren offen und erfragte sich den Weg, wo sie Arbeit finden könne. Man riet ihr in die Berggegend zu fahren. Dort seien grosse Hotels und Kurhäuser entstanden, die verschiedene Arten von Arbeiten anböten.

Ihr Geld reichte noch knapp für die Reise nach Davos, wo sie in einer Höhenklinik in Davos eine Anstellung als Hausbeamtin erhielt. Waltraut war tüchtig und klug, und vor allem war ihre systematische Vorgehensweise in der Arbeit geschätzt. Ihre Art war direkt und unverschnörkelt. Das Feinfühlende, Gemütvolle blieb in ihrem Innern verborgen und trat weder gegenüber ihrem Sohn Theodor noch gegenüber ihrem Enkel Laurent hervor. Sie blieb unnahbar.

Teil 2

Die Spiele wurden gewagter. Es rumorte in der Bubengruppe im Kreis 4 und 5, vieles war in Schwung. Laurents Leben pulsierte. Er war ein grosser Bursche, selbstbewusst, und in seiner Schule wagte keiner, ihn zu bekämpfen. Das spornte ihn an, bei mancher Lumperei dabei zu sein. Die Streiche waren dreist und laut. Mit einem Neuankömmling in der Klasse, der Boxunterricht nahm, freundete er sich vorsichtshalber an.

Im Quartier fielen allmählich einige Schüler auf, die frech wurden. Päuli als Anführer mit kühnen, verwegenen Ideen ging die Sache wagemutig an. Die Situation wurde langsam heikel und drohte zu eskalieren.

Hedi und Theodor beobachteten ihren Sohn Laurent mit etwas Besorgnis; die Gefahr, dass Bubenstreiche im Quartier zur Unredlichkeit ausarten könnten, beunruhigte sie. Laurent liess sich mitreissen und begeistern, von den wie es ihm schien mannhaften Machenschaften der Jungs aus dem Quartier. Aber er spürte auch, dass dieses Treiben nicht im Sinne seiner Eltern war.

Sie warteten das Ende des Schuljahres ab. Das Zeugnis von Laurent war sehr gut und reichte für das Gymnasium. Es war beschlossene Sache, dass Laurent ab der sechsten Klasse in das freie Gymnasium übertreten sollte. Insgeheim hoffte Hedi, dass Laurent als Modeschöpfer, Schriftsteller, oder wenn nicht ganz so fantasiereich, doch mindestens als Jurist Karriere machen würde. Mit der Schule musste er zwangsläufig das Quartier wechseln. Die Kreise 4 und 5 waren und blieben lange Zeit der Flecken für das Abrutschen in die Gosse oder für den Aufstieg zur Erlangung eines zweifelhaften Rufes als Quartierheld. Die Eltern schrieben ihn in der neuen Schule ein. Es wurde Frühling und der Klassenwechsel stand bevor. Hedi und Theodor waren beruhigt. Laurent war wissensbegierig und aufgeweckt. Ohne zu rebellieren, ohne sich aufzulehnen, liess Laurent die neue Welt auf sich zu kommen. Das andere Stadtviertel und die neuen Freunde bedeuteten einen Wendepunkt ist seinem Leben. In der Schule lernte er Freunde kennen. Die meisten kamen aus begüterten Familienverhältnissen und wohnten in Quartieren mit Villen und grossen Gärten. Viele lebten mit ihren Eltern am rechten Zürichsee-Ufer, in herrschaftlichen Häusern mit Seeanstoss und Bootsplätzen.

Einige seiner Mitschüler schlossen sich entweder den Pfadfindern oder den Kadetten an. Laurent entschied sich für die Kadetten. Die Pfadfinder waren nicht bewaffnet, aber die Kadetten besassen Gewehre. Nur daran zu denken, eine Uniform und ein Gewehr zu besitzen, wallte sein Blut. Oft stand er vor dem Spiegel, bevor er am Samstag in die Kadettenschule ging und bestaunte seine wie ihn dünkte, respekteinflössende Aufmachung. Wenn er zu den Übungen in seiner Uniform unterwegs war, ob im Wohnquartier oder im Tram, genoss er die ihn musternden Blicke.

Der 2. Weltkrieg hatte vor wenigen Jahren geendet. Der Verteidigungsgedanke und die Faszination des Siegens geisterten in den Köpfen weiter.

Jeden Samstag wurden die Kadetten in verfeindete Gruppen eingeteilt und bekämpften sich. Laurent lernte Morsen,

Croquis zeichnen und bei den Orientierungsläufen umgehen mit Kompass und Karte. Im Albisgüetli veranstaltete die Kadettenschule monatlich ein Wettschiessen. Die Schiessresultate von Laurent waren gut, aber bei den Vorübungen für das jährliche Fest des Knabenschiessens, glänzte er doch nicht unter den Besten.

Laurent war offen für andere Freundschaften. Sein neuer Freund wohnte im Fluntern Quartier. Oft machten sie in der Villa der Familie L. zusammen Hausaufgaben. Laurent war gerne gesehen und ging nun dort ein und aus. Das Haus war umgeben von einem grossen Park mit altem Baumbestand, auch ein Schwimmbad war in den Abhang eingebettet. Die freie Sicht von hier aus auf die Stadt und die Berge war auch für den "Züriberg" eher aussergewöhnlich. Einmal nahm Laurent seinen Freund mit in die Wohnung seiner Eltern im Kreis 5. Sein Freund sah sich um und bemerkte, er habe nicht gewusst, dass man so bescheiden leben könne. Seine eigenen Eltern hingegen erkannten stets mit viel Feinfühligkeit, dass das Leben verschiedene Lebensgeschichten vorzeichnet. Ihren vier Söhnen lebten sie diese Geisteshaltung vor, und es drang mehr oder weniger in das Bewusstsein ihres Nachwuchses.

In der Familie L. war für den drittältesten Sohn in London ein Sprachaufenthalt vorgesehen. Ein Besuch der ganzen Familie sollte sein Geburtstagsgeschenk sein. Alle zusammen würden dann anschliessend nach Paris fahren. Geplant war eine dreiwöchige Reise.

Laurent war überrascht, als Mutter L. ihn fragte, ob er mit ihnen auf diese Reise kommen möge, er sei eingeladen und die spezielle Geburtstagsüberraschung für seinen Freund in

London. Sie würde noch mit seinen Eltern darüber sprechen und sie um Erlaubnis fragen. Sie lud Hedi und Theodor zum Nachtessen ein, fragte sie und die Reise wurde besprochen.

Lange hatten sie darüber nachgedacht, welches Geschenk sie in die Villa mitbringen wollten. Sie entschieden sich für ein Objekt aus Ton: eine in einem Einbaum paddelnde dunkelhäutige Frau, mit aufreizend blossem Busen und breiten Hüften. Noch Jahrzehnte danach stand sie auf dem Buffet in der Villa L., längst als nur noch Laurent wusste, dass sie ein Geschenk seiner Eltern war.

✩✩✩

Das abgemachte Datum rückte näher. Die Reise sollte über Basel nach Calais, über den Ärmelkanal nach Dover und weiter bis London gehen. In der Nacht vor der Abfahrt konnte Laurent nicht schlafen. Das Reisefieber plagte ihn. Er sah einer aufregenden, ereignisreichen Zeit entgegen. Der Morgen kam und Laurent trat mit offenen und wachen Augen die erste Auslandreise an. Zusammen mit der Familie L. fuhr er mit dem Zug Richtung London. Für die ganze Familie war ein Abteil in der ersten Klasse reserviert. Holprig und lang war die Reise, die drei Jungs trieben viel Unfug und Schabernack, bis sie in London an der Victoria Station ankamen. Auf dem Bahnsteig, als die Lokomotive mit dem letzten qualmenden Schnauf Laurent in einer Wolke verschluckte und dann wieder hergab, stand er auf dem Bahnsteig seinem Freund gegenüber; er war platt, dieses Geburtstagsgeschenk war wirklich seine grosse Überraschung.

Vater L. liess sich vom Reisebüro ein Besuchsprogramm zusammenstellen mit allem, was London damals zu bieten hatte: die Oper in Covent Garden, der Zoo, im Palladium das Musical Mary Popkins. Alles das begeisterte und beeindruckte alle. Später bei Laurents eigenem Sprachaufenthalt in London lernte er vom Literaturlehrer: „When a man is tired of London, he is tired of life."

Die Reise nach Paris begann wieder an der Victoria Station. Sie war der Ausgangspunkt der Züge in den Süden. Paris bot nochmals eine geballte Ladung an Überraschungen. Die Aussicht auf dem Eiffelturm machte Laurent deutlich, dass Zürich ein Dorf war im Vergleich zu dem imposanten Pariser Häusermeer. Die französische Geschichte lag buchstäblich vor ihm, als sie vom Place de la Concorde die Avenue des Champs-Élysées hinauf bis zum Arc de Triomphe gingen. Die Stadt war Tag und Nacht voller Leben. Noch lange tanzten vor seinen Augen die glänzenden Sternchen, angeheftet auf den Brustwarzen der federgeschmückten, spärlich bekleideten Mädchen, in der Nachtvorstellung im Lido.

Alles in allem weckte diese Reise in ihm die Lust, Länder und Städte zu erleben, zu entdecken und sich vertraut zu machen. Dieser Wunsch verstummte sein ganzes Leben nicht mehr.

✩✩✩

Laurent hörte oft, wenn Vater L. am Morgen mit dem Wandtelefon nach Amerika telefonierte. Vom Stand der Börse war die Rede. Die Redewendung beeindruckte ihn: Wollen mal sehen, wie die Börsenkurse von der New Yorker Börse hereingekommen sind. Laurent lauschte, schnappte Zahlen auf, Angaben in Prozenten und Analysen der Kurse. In seinem Kopf setzte sich eine Idee fest, die ihm Antrieb für mehr Wissen gab. Er wollte begreifen, was sich im Welt- und Börsenhandel abspielt.

In der Schule hätte er gerne mehr erfahren über Geographie und Geschichte. Jedoch konnte ihn sein Lehrer für diese Fächer nicht mitreissen. Sein Unterricht war eher das Vortragen eines Monologes als das Vermitteln von grösseren Zusammenhängen. Ganz anders war es bei Monsieur Jaquot, Laurents Französischlehrer, der die Schüler begeistern konnte. Er war ein eher kleiner Mann, jedoch verschaffte er sich mit natürlicher Autorität Respekt bei den Schülern. Er trug stets eine Fliege, was zu seiner distanzierten Art passte und seine Originalität unterstrich. Man sagte, es sei Imagepflege, und sie war prägend für seine Umgebung. Sobald er ins Schulzimmer eintrat, erhoben sich alle Schüler gleichzeitig und begrüssten ihn mit: "Bonjour Monsieur Jaquot."

Für die Sommerferien meldete sich Laurent für den Landdienst an. Diesmal wählte er das Welschland. In Rolle suchte eine Bauernfamilie junge Leute, die bei der Kirschenernte mithalfen. Genau das Richtige; Französisch lernen und Geld verdienen. Laurent wurde angewiesen Kirschen zu pflücken. Zusammen mit einem Spanier legten sie die Leiter von einem Baum zum andern. Es war heiss. Die Frühsommersonne brannte kräftig und die Wespen waren gierig darauf, auch etwas vom süssen Saft der Kirschen mitzubekommen. Sie stachen zu, als Laurent seine Arbeit machte. Die Finger schwollen dick an und verformten sich mehr und mehr zu Würsten. Beim Essen der Suppe am Abend konnte er nur noch mit Mühe den Löffel halten. Klagen wären auf taube Ohren gestossen. In der niederen Stube, die auch als Küche diente, lag eine gehässige Stimmung. Niemand sprach. Es waren wohl Flüche, die Laurent zu verstehen meinte. Von Französisch lernen mit diesen Leuten war keine Rede. Am nächsten Morgen wurde wieder geerntet und die Wespen stachen erneut bösartig, unbarmherzig zu.

Nach vier Wochen ging Laurent zur Bäuerin und sagte, dass die abgemachte Zeit vorbei sei und er wegfahren wolle. Kurz angebunden und unfreundlich faselte sie davon, dass er noch eine Woche länger bleiben müsse, so sei es abgemacht. Laurent beharrte darauf, nun die vereinbarten 50 Franken zu erhalten. Sein Vorhaben, mit dem Velo an das Fête de Genève zu fahren, wollte er sich nicht vermiesen lassen. Er erhielt das Geld und radelte davon, als der Tag bereits zur Neige ging. Im Nachtkino in Genf nistete er sich für ein paar Stunden ein. Neben ihm sass eine jüngere Frau. Sie war unruhig, das fiel ihm auf, es störte ihn. Nach der Pause kam sie nicht wieder und Laurent konnte nun in Ruhe den Film ansehen. Gegen ein Uhr war der letzte Film gelaufen und die Kinogänger verliessen einer nach dem anderen das Kino. Laurent stand auf, griff nach seiner Hosentasche und mit Schrecken stellte er fest, dass das Portemonnaie weg war. Vielleicht zwischen den Stühlen, vielleicht in der hinteren Reihe oder in der vorderen Reihe. Nichts. Der Platzwärter leuchtete mit der Taschenlampe jede Reihe genau ab, aber da war nichts. Sein ganzes Geld war weg, er hatte nichts mehr. Er pedalte, ja brauste auf den Bahnhof, jedoch der Polizeiposten war geschlossen und öffnete erst am nächsten Morgen um sechs Uhr wieder. Es blieb ihm nichts anderes übrig als die Nacht auf einer Bank zu verbringen. Oder doch nicht? Vor ihm stand ein Bahnwagen 1. Klasse, offen und einladend. Er stieg ein, legte sich auf die weichen Polster und nickte ein. Jäh schoss er auf, als der Wagen sich zu bewegen begann. Er riss seine Sachen an sich und sprang aus dem Wagen.

Es war so gegen sechs Uhr, als er sich durch die bereits festfreudigen Menschen kämpfte, die schon frühmorgens mit den Zügen aus der Umgebung anreisten. Auf dem Polizeiposten war wenig Interesse, der Fall wurde aufgenommen; jedoch kaum der Feder entsprungen, war er bereits auf dem Weg zur Makulatur. Ohne Geld fehlten dem schönsten Fest die Farben. Auf dem Bahnhof schrieb der Schaffner einen Frachtbrief für ihn und für das Fahrrad. Abgeschoben. Von Genf nach Zürich mit Frachtbrief ging die Fahrt heimwärts. In Zürich wurde Vater Theodor aufgeboten, Laurent auszulösen und die Fahrt zu berappen.

In Laurents Bewusstsein drang tief und unauslöschlich der Gedanke, dass Armut das Aufgeben der Freiheit ist. In diesen Stunden sah er klar vor sich, dass Geld verdienen für ein angenehmes Leben entscheidend sein kann.

☆☆☆

Das Gymnasium bot die Fachrichtung Handel nicht an. Das wusste Laurent nun definitiv. Er war enttäuscht. Er wollte weder Pfarrer, noch Arzt, noch Philosoph werden, er wollte wie Vater L. wissen, wie die Börsenkurse jeweils am Vortag von New York eingetroffen sind. Das war seine Berufsvorstellung; er verliess das Gymnasium und schrieb sich als Schüler in der Privatschule Minerva ein, wo die Handelsabteilung einen guten Ruf besass. Mit diesem erfolgversprechenden Entschluss verband sich auch die feste Hoffnung, bald Geld verdienen zu können.

Von der Familie L. besuchte ein Sohn ebenfalls die Minerva, und so blieben die Freundschaftsbande zusammengefügt.

Laurent war bei jedem Sommernachtsfest und bei jeder Gartenparty im Hause L. dabei. Es wurden auch Mädchen eingeladen. Laurent war mehr oder weniger an ihnen interessiert. Nicht so die Mädchen, sie versuchten Laurent zu gefallen. Es wurde zur Musik der eigenen L. Band getanzt. Pärchen fanden sich und trennten sich. Als Laurent von einem der Söhne L. gefragt wurde, ob er wisse, wie man küsst, sagte er, ja klar, du musst dir nur vorstellen, du beisst in eine Orange, dann sollte es klappen. Vielleicht war dieser Ratschlag hilfreich, je nachdem, ob man Orangen liebt…

Sein Leben bewegte sich zwischen dem Industriequartier im Kreis 4 und 5 und dem Villenquartier im Kreis 7. Beides war ihm gleichermassen vertraut – geblieben oder geworden.

Im Quartier seiner Eltern waren ihm einige wenige Freunde erhalten geblieben, so auch Meier. Er wohnte nahe und machte eine Lehre als Elektrofachmann. Sein Vater arbeitete beim Tram. Sie wohnten im Haus der Notwohnungen, wo Vater und Mutter die Hauswartung besorgten. Meier war unterhaltsam, unternehmungslustig und kannte sich besser aus mit Frauen als Laurent. Er wusste immer, welche Beiz noch offen hatte und wo noch Mädchen unterwegs waren.

Das Restaurant Damm lag nahe der Limmat am Dammweg. Die Bar lief gut. Der Besitzer suchte seine Bardamen ganz nach seinen Vorstellungen der idealen Frau aus. Taille höchstens 60, Brust mindestens 95, ohne Polster. Alle trugen hohe Stiefel, rot oder schwarzer Lack. Die Kleider wählten sie eine Nummer zu klein. Der Rocksaum war hoch. Sie zeigten, was sie hatten, und darauf waren nicht nur sie stolz, sondern auch ihr Chef Hobel.

Meier war ein gerngesehener Gast, er war generös. Er konnte gut jassen und Sitzleder hatte er auch, manchmal bis tief in die Nacht. Laurent war in alledem eher verhalten, aber gesellte sich hinzu. Neugierde war immer dabei.

Meier wusste, dass eine Barmaid ihr Zimmer ganz in der Nachbarschaft vom Damm hatte. Es war eine Mansarde im obersten Stock. Die Nacht war schon vorgerückt. Aber ein schwaches Licht war oben zu sehen. Von den Bauarbeitern lehnte noch eine Leiter an der Hausmauer. Nur ein wenig nachrutschen und es passte. Meier kletterte die Leiter empor, Laurent war ein paar Sprossen hinter ihm. Plötzlich ein abrupter Rückzug von Meier. Die Leiter rüttelte ebenso, wie das, was er durchs Fenster gesehen hatte. Einer der Liebhaber war gerade dabei sich empor zu ringen. Das Bett rutschte hin und her, in heftiger Frequenz. Meier kannte den Mann. Er war ein Hitzkopf, breitschultrig und baumstark. Da half nur noch die Flucht nach unten, möglichst schnell, Sprosse für Sprosse. Offensichtlich kam dieser versuchte Besuch nicht im richtigen Augenblick. Meier war überzeugt, dass seine Dulcinea bald im Allotria oder in der Fantasia-Bar anzutreffen sei und er dann drankommen würde, ohne anzustehen.

Hobel hatte sich ein beträchtliches Imperium zugelegt. Nicht nur die Fantasia-Bar und das Allotria, auch das Bordelaise und das Caravelle florierten unter seiner Ägide.

Aber dann ging der Krug zum Brunnen und platzte. Überbordendes Prassen und ein betrügerischer Buchhalter, das war das Finale von Hobels Karriere.

Es war auch Meier, der eines sonntags den glückverheissenden Vorschlag machte, ins Restaurant Katz am Bahnhofplatz, im Dupond im oberen Stock, zu gehen. Drei Mädchen suchten gerade einen freien Tisch, ganz in der Nähe von Meier und Laurent. Meier zögerte nicht lange und bestellte drei Coupe Dänemark für die drei. Laurent war bass erstaunt über diese spontane Grosszügigkeit. Die Mädchen bedankten sich. Beim Verabschieden fragte Meier die Schönste nach ihrer Telefonnummer. Aus ihnen wurde ein Paar. Ruth und Meier blieben fast ihr Leben lang beieinander.

Wenige Zeit später im Hubertus brachte Ruth ihre Freundin Kathy mit. Bedächtig, behutsam wie ein Flüstern erwachte in Laurent das Interesse an diesem Mädchen. Er lud sie jeweils ein, an den Nachmittagen am Sonntag und oft auch am Samstagabend für Kinobesuche und Quartierfeste. Wenn er sie nach Hause brachte, setzte sie sich vorne auf sein Fahrrad. Er spürte ihre Arme, ihren weichen Körper, roch ihr frischgewaschenes Haar, hörte ihre Stimme, fuhr vorsichtig und war darauf bedacht, dass sich ihr Kleid nicht im Fahrrad verhedderte.

Einmal lud Kathy ihn zu ihren Eltern ein, zum Sonntagskaffee. Laurent war nicht so sicher, ob alles so wohlgemeint sei wie es aussah. Der Kuchen war gut, die Stube sauber, der Vater von Kathy aufgeräumt, mehr oder weniger heiter. Die Mutter fragte, wo sie sich denn kennengelernt hätten. Sie erzählten.

Es verging der Frühling, der Sommer kam; beiläufig fragte Kathy eines Tages, ob er mit ihr am Sonntag zur Messe komme. Laurent war leicht erstaunt über diese Frage, Religion war in seiner Familie kein Thema, man war Zürcher und protestantisch. Der Herbst kam und Laurent hatte das Aufgebot für den ersten WK. Am nächsten Sonntagnachmittag dürfe er das Auto seines Vaters haben und sie könnten einen Ausflug machen, an den Bodensee oder in die Innerschweiz. Kathy sagte zu. Ein schöner Tag ging zu Ende. Laurent fuhr Kathy zurück nach Hause. Beim Aussteigen schaute sie noch einmal rasch zurück und sagte: "Es ist besser, wenn wir uns nicht mehr sehen."

Laurent fuhr nach Hause. Beim Tornisterpacken fragte ihn die Mutter, warum er so wortkarg und geschäftig sei. Er sagte ihr, dass Kathy ihn nicht mehr sehen wolle, es sei fertig. Sie war wohl beinahe mehr erstaunt als er. Wäre sie doch genau die Schwiegertochter gewesen, die sie sich gewünscht hätte. Kathy war auch gelernte Coiffeuse, hatte Freude an gutem Aussehen, an schönen Kleidern, an Kosmetik. Der Gesprächsstoff wäre nie ausgegangen. Und nun dies. Warum? Er wusste es nicht, es war einfach so.

Laurent rückte in den WK ein. Scheuchte die letzten Worte von Kathy fort und versuchte, den Frühling, den Sommer, den Herbst zu vergessen, auszuradieren. Es gelang ihm für viele Jahre. Das Lebensbuch hat zwar Seiten, aber sie sind nicht aus Papier, wegradieren lassen sie sich nicht.

Die Schweizerische Kreditanstalt bot jungen Bankleuten eine dreijährige Ausbildungszeit an. Laurent stellte sich dort vor und erhielt die Stelle; damit sicherte er sich auch das Einkommen während des Militärdienstes. Während der Zeit am Paradeplatz bei der SKA waren seine engeren Berufskollegen Hofer und Georg, sowie auch Huwyler.

Georg wog 120 kg und war ein bärenstarker Mann. Seine Kraft war ein wesentlicher Teil seines Ichs. War ein Auto falsch parkiert und im Weg, lupfte er es mit blossen Händen ruckzuck frei, zuerst zwei Mal am Rückteil, dann zwei Mal am vorderen Teil. Keine Velotour war ihm zu schweisstreibend, kein Wind zu mächtig beim Segeln – ausser als Georg Laurent überredete, eine Jolle zu mieten, ohne dass die beiden einen Schimmer vom Segeln hatten. Der Bootsvermieter am Utoquai verwarf die Hände, als er sah, wie gleich nach dem Verlassen des Stegs das Segel herrenlos flatterte, das Schiff trudelte und der Baum wild hin und her schlug. Nach diesem frechen Wagestück entschieden sie, einen Segelkurs zu machen.

Fahrradtouren mit Georg glichen puren, harten Geländeübungen. Laurent war ein sicherer, kräftiger Radfahrer, aber sich messen mit ihm, nie. Georg war ein Stürmer und Sucher nach neuen Kraftakten, das imponierte Laurent. Georg war aber auch ein Freund, der wahre Freundschaft und Treue zeigen konnte. An den Tag seines plötzlichen, allzu frühen Todes wird Laurent sein Lebtag denken.

Gesellig ging es zu und her, wenn Huwyler einen Ausflug organisierte. Das Sporthotel auf dem Stoos schien ihm geeignet für Wanderferien in der herbstlichen Bergwelt. Der Nebel lag auf dem See und sollte sich auch in den nächsten Tagen nicht wagen aufzusteigen. Die Sonne und der klarblaue Herbsthimmel blieben sich treu. Die Liegestühle vor dem Hotel verführten die Wanderer. Huwyler bestellte Weisswein, Laurent entschied sich für Orangensaft. Der Nachmittag plätscherte dahin, die Abendsonne wärmte noch, als Hochdeutsch, Französisch und Englisch zu hören war von Wanderern, die ins Hotel zurückkamen.

Ein paar Liegestühle mehr belegten sich. Ein Belgier war in Festlaune, offerierte für alle Champagner und Laurent änderte seine Vorliebe für Orangensaft und wechselte. Der feuchtfröhliche Abend begann. Das Trinken war Gabe, das Essen war Zugabe. Schlager ertönten aus der Musikbox, Laurent suchte sich eine Tanzpartnerin. Als er das erste Musikstück beklatschte und sich dann umsah, war sie bereits wieder an ihrem Platz. Er klärte die Engländerin auf, dass es in der Schweiz üblich sei, begleitet an den Platz zurückzugehen.

Dann wurde gebechert, der Beaujolais floss reichlich. Gegen Morgen begleitete der Hoteldirektor Laurent freundschaftlich und etwas besorgt auf sein Zimmer. Am Morgen sollte der Klingenstock bestiegen werden; für Laurent kaum denkbar. Beaujolais blieb für ihn von diesem Abend an ein Reizwort.

Nach drei Jahren entschied sich Laurent, die freie Stelle in der Neuenburger Filiale der SKA anzunehmen. Im Frühling war der Stellenwechsel vorgesehen. Dazwischen blieben ein paar freie Wochen.

☆☆☆

Hofer schlug vor, eine Reise nach Marokko zu unternehmen. Laurent erhielt das Auto von seinem Vater. Ein Fudi5, der Kosename für den Opel Vauxhall V6. Es war Frühjahr und die Sonne im Süden stark und heiss. An der Costa Brava fanden die beiden bereits das südliche Sehnsuchtsziel. Sandstrand, bizarre Felsen im Meer, blauer Himmel und Wärme sind der Urbegriff des Südens der Reisenden aus den nördlichen Ländern. Beim ersten Halt in Plaja D'Aro an der Costa Brava holten sie sich auch den ersten Sonnenbrand.

In Barcelona begann der Fudi5 zu kochen. Die quadratisch unterteilte Stadt hatte zahlreiche Lichtsignale, an denen immer wieder angehalten werden musste. Der Motor dampfte und stotterte, er wollte nicht mehr, es war zu heiss.

Auf dem Zeltplatz trafen sie einen Basler. Er hatte dasselbe Ziel, er wollte auch nach Marokko. Ein Basler zu treffen, war den Zürchern nicht der allererste Wunsch, aber sie nahmen sein Angebot an, nämlich die Mitfahrgelegenheit bis nach Tanger. Die Fahrt ging weiter bis nach Gibraltar. Vor Gibraltar streikte die Kupplung. Mit List konnten die Gänge hineingewürgt werden. Es blieb nichts anderes übrig als die Weiterfahrt.

Die Billette waren gekauft, die Fahrt übers Meer sollte in ein paar Stunden fortgesetzt werden. Es blieb noch Zeit, die Stadt und den Affenfelsen von Gibraltar anzuschauen. Zurück beim Auto winkte die Abfertigungsmannschaft der Fähre bereits hektisch, es eilte, die Fähre wollte ablegen. Die Zeitverschiebung! Mit viel Glück hatten sie sie nun doch noch erreicht. Auf der Fähre waren Deutsche, Franzosen, Spanier. Die Deutschen waren mit einem Luxusjeep unterwegs. Sie boten Hilfe an, wegen des Defekts am VW des Baslers. Das Kupplungskabel war nicht ganz gerissen, aber ausgefranst. Es konnte mit List geflickt werden. Nicht die

Kupplung schnell drücken oder sausen lassen, riet der Deutsche.

In Tanger trennten sie sich. Hofer und Laurent bummelten mit den Deutschen durch die Altstadt in der Medina. Sie folgten einem Einheimischen, der französisch sprach und sich aufdrängte ihr Begleiter zu sein. Er versprach den Basar zu zeigen und sagte, er hätte Freunde dort, die immer an Fremden interessiert seien. Das waren sie auch. Durch die Hintertür gingen sie in ein halbzerfallenes Haus in der Medina. Im oberen Stock gab es honigsüssen Tee und Mandelgebäck. Dunkel schummerig und unheimlich war es dort, und doch irgendwie wohlig und bequem. Als Hofer hinter einem Kissen einige kleine Drogenpakete entdeckte, war ihnen doch nicht mehr so wohl. Sie fragten nach dem Ausgang und dass ihr Begleiter sie doch aus der Altstadt hinausführen sollte. Sie mussten ihn bedrängen, er war nicht sonderlich daran interessiert, sie so ohne ein Geschäft gemacht zu haben, wieder zu entlassen. Es ging. Sie schnauften auf, als sie wieder draussen auf offener Strasse waren.

Die Tage in Marokko gingen schnell vorüber. Der Heimweg war hektisch. Die Quälerei mit der Kupplung ging weiter. Sie mussten mit Feingefühl das Pedal bedienen – drücken, loslassen, drücken – nur nicht schnellen lassen. In Barcelona übernahmen sie wieder ihren Fudi5. Das Wetter war besser, nicht mehr so warm, und so wurde der Motor auch nicht dauernd überfordert.

Auf der Rückkehr pressierte es. Laurent musste am Montag die neue Stelle in Neuenburg antreten. Stunden um Stunden mussten sie die ganze Strecke non stop hinter sich bringen. Es eilte und reichte knapp. Laurent hatte keine Unterkunft für die erste Nacht in Neuenburg. Warum auch vorsorgen, es wird sich dann schon etwas ergeben. So fuhren sie zuerst nach Zürich; da Reisende nie am Morgen ankommen, immer erst am Nachmittag oder am Abend, trafen sie so gegen vier Uhr ein. Die Mutter hatte das Nötigste bereit für die Reise am nächsten Morgen nach Neuenburg. Der Vater lud Laurent pünktlich um 9 Uhr bei der SKA Neuenburg ab. Für die nächsten paar Tage konnte er im Club-Haus der SKA übernachten.

☆☆☆

Von Anfang an fand er Gefallen an der Lebensart der Welschen. Das Leben kam ihm lockerer, heiterer vor als in der Deutschschweiz. In den ersten Tagen horchte er auf, als er hörte wie ihn sein Vorgesetzter ansprach mit: Bonjour Monsieur Laurent. Die Jovialität überraschte ihn, er meinte, er spreche ihn bereits mit dem Vornamen an. Dem war nicht so, er sprach mit einem anderen Angestellten, sein Familienname war Laurent. Alles in allem gefiel Laurent die Zeit in Neuenburg. Sie besserte seine Landdiensterinnerung in Rolle erheblich auf.

Die Schlummermutter Madame Chotard bot ihm ein Zimmer mit Seeblick an. In der Wohnung über ihm wohnte auch ein Deutschschweizer. Emanuel war Buchbinder. Seine Welt waren die Bücher. Er war belesen, hinterfragte alles und jedes, dieses und jenes. Es bildete sich allmählich eine Schar aus Deutschschweizern und Laurent nahm Emanuel zu den Treffen mit. Es lief harzig mit ihm, er war ein Klugredner und Besserwisser. Bald liess man ihn ins Leere laufen. Jahrzehnte später würden sich die Wege von Laurent und Emanuel wieder kreuzen. Beide durchliefen in den dazwischenliegenden Jahren die Lebensschule und dann entstand eine langandauernde Freundschaft.

Die Segelerfahrung auf dem Zürichsee nutzte Laurent in Neuenburg ausgiebig. Sie wurde ein guter Teil seiner Freizeitbeschäftigung. Die Segler schätzten den Neuenburger See. Er empfing die schnellen Winde vom Chaumont mit Lust, füllte die Segel und stillte den Rausch der Geschwindigkeit. An lauen Sommerabenden waren aber auch freundliche laue Winde genehm und willkommen; dann, wenn Jacqueline vorne auf dem Bug sass, ihre Bluse öffnete, auszog und mit leichter Hand auf den Boden gleiten liess. Jacqueline wurde zum Segeln eingeladen unter dem Vorwand, sich mit der französischen Sprache mehr anzufreunden, den Wortschatz aufzubessern, den Klang der Sprache aufzunehmen. Das alles trat beim Betrachten der wohlgeformten Galionsfigur weit in den Hintergrund.

Im Winter, wenn alles Stein und Bein gefroren war, die Eisfläche bis weit in den See hinaustrug, zeigte Jacqueline ihre Künste als geübte Schlittschuhläuferin. Laurent war schnell und sicher unterwegs, fuhr rückwärts, wendete elegant, drehte, sauste davon und umkreiste sie. Unbeeindruckt von allen Blicken vollführte sie ruhig und gelassen kleine Sprünge und Pirouetten.

Der Hausberg von Neuenburg war ideal zum Skifahren. Die Deutschschweizer Clique traf sich dort an Sonntagnachmittagen. Die Pisten lockten und der Weisswein floss. Jacqueline war meistens auch dabei. Sie trug ihren gestrickten Pullover mit einem Norwegermuster, das sich in der Busengegend leicht dehnte und die Sterne oval formte. Die Blicke der Männer waren ihr sicher. Laurent fuhr ihr oft dicht hinterher und stellte sich vor, wie es wäre, wenn er ihr beim Aufstehen helfen könnte. Es kam nicht dazu, sie fiel nicht hin. Sie bog ab und verschwand auf die gegenüberliegende Piste. Laurent war kein Draufgänger und für redliches Werben war etwas im Wege. Vielleicht war es Kathy?

Das Laub verfärbte sich, der Herbst leuchtete. Die kleinen und die grossen Orte in der Weingegend schickten sich an, die vielen Winzerfeste vorzubereiten. Die Weinlese war auf dem Höhepunkt. Alle spürten eine grosse Vorfreude: als ob sie morgen in die Ferien fahren würden, oder Geburtstag hätten, oder bald Weihnachten wäre. Auch die Deutschschweizer Bande von Neuenburg dachte daran, für den kommenden Samstag ein Winzerfest auszuwählen.

In La Neuveville war das Mädcheninternat, deshalb fiel die Wahl leicht. Als sie ankamen, spielte bereits die Musik. Und richtig, die Mädchen vom Internat waren dort, frisch zurechtgemacht und erwartungsvoll gestimmt. Sie redeten alle frisch, fröhlich drauflos. Mit kurzen Blicken sahen sie sich nach den männlichen jugendlichen Festbesuchern um und taten so, als ob sie auch die Neuangekommenen nicht gesehen hätten. Das Repertoire der Musiker passte perfekt: beschwingte Melodien zum Tanzen und einige auch zum Mitsingen. Kein Mädchen blieb sitzen, alle wurden zum Tanz aufgefordert, das Fest kam in Fahrt. Die Tanzpaare wiegten sich halbwegs im Takt, immer mehr umfangen von der berauschenden Stimmung des sommerlichen Abends. Laurent wagte einige Tanzfiguren einzubauen. Seine lernfreudige, wendige Partnerin gefiel ihm. Dazu war sie auch noch hübsch. Vielversprechend war das Fest im Gange, die Zeit verging wie im Flug. Als es so etwas vor elf Uhr war, standen die Mädchen vom Internat auf und verschwanden. Sie mussten um elf Uhr wieder unter Obhut sein. Aus der Traum, das war es dann bereits gewesen.

Die Burschen setzten sich zusammen an den Tisch und bestellten einen Neuenburger Weisswein. Am benachbarten Tisch hatten sich Rekruten aus Colombier hingesetzt und fingen nun an zu singen: Soldatenlieder, Lumpenlieder, Sehnsuchtslieder. Die Tische wurden zusammengeschoben. Es wurde lustig, bis spät in die Nacht hinein. Laurent hatte seine Kollegen mit Vaters Auto zum Fest gefahren.

Nun, nach Stunden der Zecherei, setzten sie sich ins Auto und Laurent schlief sofort ein. Er war der Einzige, der die Fahrprüfung hatte. Es hing von ihm ab, ob die Fahrt beginnen konnte oder nicht; eher nicht. Laurent schlief. Die Kollegen verliessen das Auto und schlenderten in die Nacht hinein. Nach einer Stunde klopften sie an die Autoscheibe: "He, Laurent, kannst du jetzt fahren?" Laurent stöhnte "nein, unmöglich" und schlief weiter. Um sechs Uhr war es dann soweit, er fuhr. Der Morgen brach an. Laurent schlich sich an der Wohnung der Schlummermutter, Madame Chotard, vorbei. Er ging zu Bett und schlief bereits tief und fest, als sie so um neun Uhr an die Türe klopfte: "Au téléphone! Vos parents sont à la gare, ils vous attendent." Laurent nahm den Hörer, seine Stimme war rau und brüchig, als er seinem Vater sagte, dass er nicht kommen könne, da etwas mit dem Kopf wohl nicht in Ordnung sei. Abgemacht war eine Fahrt an die Expo 64 nach Lausanne. Die Eltern fuhren allein. Nicht nur der Beaujolais, auch der Neuenburger Weisswein sagten Laurents Gaumen von da an nie mehr so richtig zu.

Es war ein lauer Herbsttag. Der Wind schob die Wolken-
decke von Westen nach Osten. Die schmale Sonne hatte gerade noch Zeit, sich kurz zu zeigen. Es nachtete bereits, als
Laurent am Sonntagabend zum Bahnhof eilte. Er fuhr nach
Zürich. Am Montag musste er in den WK einrücken. Er verbrachte die Nacht in seinem Zimmer bei den Eltern. Sie warteten auf ihn und fragten, wie er so lebte und was er so in
Neuenburg erlebte. Laurent erzählte und kam in Fahrt. Die
vielen Geschichten und ihre Zusammenhänge flossen aus
ihm heraus. Die Aufmerksamkeit und die Anteilnahme der
Eltern waren ihm sicher. Fast vergessen hatte er das Packen
des Tornisters. Am Morgen pressierte es. Die Sachen lager-
ten bei seinen Eltern im Keller. In aller Eile suchte er das
Notwendige zusammen, riss seine Uniform aus dem
Schrank, prüfte die Vollpackung und kam gerade rechtzeitig
auf dem Bahnhof an.

Der Zug fuhr auf dem Perron ein. Die Zeit reichte also.
Die Mutter hatte unnötig gebangt und Laurent gedrängt,
vorwärts zu machen. Er stieg ein, suchte sich einen Platz. Es
waren bereits viele WK-Männer unterwegs, die in der Innerschweiz die Sammelstelle aufsuchen mussten, um drei Wochen ihren Dienst zu absolvieren.

Der Zug fuhr am See entlang, der im trüben morgendlichen Licht lag. Die Tunnels kamen, verdunkelten alles und
liessen den Lärm im Abteil lauter werden. Die Sicht auf den
See und die Berge wurde noch kurz einmal freigegeben. Die
Föhnstimmung kippte und nur ein schmaler, klarer Berg-
streifen bot sich als Panoramaaufnahme an.

Auf dem gegenüberliegenden Sitzplatz sass ebenfalls ein Soldat; er hatte offenbar das gleiche Ziel. Sie kamen ins Gespräch, witzelten über dies und das. Eugen hatte einen trockenen, gescheiten Humor, über den Laurent sich ebenso amüsierte wie Eugen selbst. Der Zug wand sich den Berg hoch, der Himmel trübte ein. Es fing an zu regnen und es sah so aus, als ob der Regen den ganzen Tag zu bleiben gedachte. Auf dem Sammelplatz war ein Gewimmel von Soldaten, bis der Fussmarsch ins Kantonnement ordnungsgemäss losging.

Nun regnete es stark. Die Uniformen wurden bereits das erste Mal so richtig nass und sogen sich voll. Der Marsch begann in Zweierkolonne. Obwohl der Tag noch lang war, rollte von hinten her die gängige Melodie "Die Nacht ist ohne Ende, der Himmel ohne Stern". Die Schuhe füllten sich und tränkten die Socken. Die Wolle war schneller als das Mischgewebe. Die gerötete Haut brannte, es würden sich Blasen bilden, falls sie die Unterkunft nicht bald erreichten.

Die Innerschweiz bot klischeehaft ihre Wetterkarte an. In den nächsten drei Wochen eilte das Barometer von oben nach unten.

Frostige Morgen und Altweibersommer-Nachmittage. Laurent wurde ein Fahrzeug zur Verfügung gestellt, das er auch im Ausgang benutzte. Nicht ganz nach Vorschrift, aber machbar. Der WK sah eher nach gut organisierten Ferien aus.

Die Rekrutenschule machte Laurent in Bellinzona. Es war die letzte Zürcher Infanterie-Rekrutenschule, bei der die

Ausbildung fast gleich verlief wie die der Grenadiere in Losone. Mit Flammenwerfern und Zündstoffeinsätzen umgehen kam später in der Schiessschule in Walenstadt.

In Bellinzona war der Drill. Befehle wurden ausnahmslos geschrien. Die Tagwache haute die Rekruten schon wegen der krachenden Stimme des Feldweibels aus dem Bett. Der Sommer war heiss im Tessin. Die aufgeplatzten Blasen nässten die Socken; der Sonnenbrand im Gesicht milderte sich nicht und brannte unter der schwarzen Tarnfarbe.

Da sollten sich doch Schicksalsgemeinschaft und Kollegialität verbinden. Keine Spur. Eine Bande von Rohlingen und streitsüchtigen Radaubrüdern scharte sich zusammen.

Es war die Zeit, als die Berliner Mauer errichtet wurde. Deutschland war geteilt und der Mauerbau zementierte die Trennung. Der kalte Krieg legte das Misstrauen tief in die Leitlinien der militärischen Direktiven und zog die Richtschnur an. Der Eifer der Verteidigung glühte. Dieser Funke sprang leicht auf die jungen Männer über, die im wahrsten Sinne des Wortes bald mit Feuer und Flamme dabei waren.

Die Anleitung zur Herstellung von Molotowcocktails war das Rezept, das die Entladung der Spannung versprach. Die Brandflaschen flogen und lösten durch ihren Knall und die sprühenden Flammen für einen kurzen Moment die aufgedrehte Stimmung. Ein Rekrut stand beim Wurf zu nahe an einem Felsen, die Flasche platzte, er fing Feuer und konnte knapp durch Ersticken der Flammen gerettet werden. Die Rekrutenschule war für ihn beendet. Er überlebte mit Narben an Gesicht, Händen und Oberkörper. Am Ende der Rekrutenschule besuchte er nochmals die Truppe. Ein starker Bartwuchs deckte die wüste Entstellung ab.

Laurent hatte sich das alles ganz anders vorgestellt. Er gehörte in der Kadettenschule einem höheren Rang an und fatalerweise verglich er diese Vorschulung mit der Militärausbildung. Als am ersten Morgen der Befehl durchging, wie man die Betten zu machen habe, lachte Laurent arglos frei heraus. Er fand diese Erklärung überflüssig. Dass beim Militär nichts ins Lächerliche gezogen werden darf, sollte Laurent nun schmerzlich erfahren. Der Korporal verknurrte ihn für die kommenden Wochen zum Fassmann. Er musste in der Kaserne und im Feld die Truppe mit Essen versorgen. Er lernte die Gier kennen. Im Feld rissen ihm die Rekruten die Büchsen mit dem "Gestampften Uhu", die Pakete mit den "Bundesziegeln" und den "Panzerkäse" aus der Hand. In der Kaserne griffen alle gleichzeitig nach dem "Spatz" und den vermanschten Kartoffeln. Die Korporäle stritten um die "Götterspeise". Er kam sich vor wie im Zoo, wo mit Pranken und aufgestellten Krallen nach dem Futter gegriffen wird. Das Schlimmste war aber die Suppe. Er verschüttete in diesem Hexenkessel eine Suppe nach der anderen, und je mehr Suppen er verschüttete, je mehr schwand seine Begeisterung für die Armee.

Laurent hätte nach der Schiessschule in die Einheit der Grenadiere eintreten können, aber einer der letzten Abende in Walenstadt setzte seinem Enthusiasmus für das Militär endgültig den Schlusspunkt. Alle waren bereit für den Ausgang. Dann teilte der Kommandant mit, der Ausgang werde nicht stattfinden. Die Ausgangsuniform dürfe anbehalten werden, jedoch der Ausgang sei gestrichen. Einer liess sich etwas zu Schulden kommen und brockte dies den anderen ein. Alle büssten für einen und hingen nun mit langen Gesichtern herum. Dann schlug Laurent vor, zum Jassen überzugehen. Unter der Türe unschlüssig stand einer, der nicht so recht wusste, ob er mitmachen solle oder nicht. Laurent liess beifällig die Bemerkung fallen, ob er sauer sei, dass er nicht zum Gefreiten ernannt wurde. Nun ging es los: Dieser wurde stinkwütend. In schierem Zorn nahm er aus einem schon lange herumstehenden Fresspaket einen faulen Apfel und warf ihn mit Wucht direkt auf die Brusttasche der Ausgangsuniform von Laurent. Blitzschnell nahm Laurent den Apfel, setzte ihn auf den Ellbogen, spickte ihn mit schnellem Ruck zurück und traf mitten ins Gesicht. Voller Wut gingen die beiden aufeinander los. Es bildeten sich zwei Gruppen; jede Gruppe hielt einen der Streithähne zurück und plötzlich verfeindeten sich die beiden Gruppen und gingen aufeinander los. Laurent mit aufgeschwollener Nase und sein Widersacher mit zerrissenem Hemd standen sich nun tatenlos gegenüber und schauten dem Knäuel zu, wie sie sich rauften und aufeinander eindreschten.

Laurent beantragte die Versetzung in eine andere Truppe. Er hatte endgültig genug von der Rasselbande. Auch der Nimbus, der für ihn über der Krone der Grenadiere schwebte, verblich.

Nun war er in der Einheit Nachrichten/Aufklärer und absolvierte einige Wiederholungskurse zusammen mit Eugen. Die Sympathie war gegenseitig. Ernstere Gespräche reihten sich an Erheiternde, an Witzigem mangelte es nicht. Eugen war ein Mensch mit Fantasie und Humor. Sein Wesen lag zwischen Zurückhaltung und Mitteilsamkeit.

Er war auch in Zürich aufgewachsen. Sein Zuhause war in der Umgebung der Synagoge in Wiedikon. Er stand der

Sache jedoch nicht nahe und im späteren Leben blieb er in spiritueller Hinsicht eher ein Suchender. Seine Mutter war gefangen in ihrer inneren Welt und entzog sich der Wirklichkeit und dem Alltag. Der Vater war in höherer Stellung in der Autobranche tätig. Eugen hatte keine weiteren Geschwister, so wie Laurent. Ihre Freundschaft festigte sich, die Gesprächsthemen variierten, oft war auch von Karriereplanung die Rede. Eugen brach die kaufmännische Lehre ab und bestand die Maturitätsprüfung in einer Abendschule. Er wollte Nationalökonomie studieren und entschloss sich für die HSG in St. Gallen. Für Laurent kam ein Studium nicht infrage, er wollte möglichst schnell Geld verdienen. Seine Grossmutter brachte bei jedem Besuch das Gespräch des Geld-Verdienens auf das Tapet. Das war zwar auch im Sinne ihres Enkels, aber er musste selber einen geeigneten Weg finden, seine Ziele zu erreichen. Hilfe kam von nirgends.

Die Mutter sah ihn als Künstler, doch dieses Vorhaben scheiterte. Auch dem Vater schwebte Grosses für seinen Sohn vor. Er wollte ihn für die Technik und die Automobilindustrie begeistern. Doch auch dies ging nicht in Erfüllung. Bei einer amerikanischen Autovertriebsfirma blieb Laurent nur kurze Zeit. Vater hatte grosse Hoffnung geschöpft, aber er wusste nicht, dass die Anstellung für nur drei Monate galt. Als Laurent ihm sagte, er verlasse diese Stelle wieder, nahm er die Türklinke in die Hand und ging an die frische Luft. Laurent sah vom Fenster aus, wie sein Vater eine Weile das Sihlquai auf und ab ging, sein Blick wanderte zum Himmel und dann wieder auf den Boden. Offensichtlich gab er sich Mühe, wieder abzukühlen.

Eugen gab Laurent den Rat, nach England zu gehen. Er müsse Sprachen können, wenn er im Beruf weiterkommen wolle. Das hielt Laurent als feste Regel – und recht hatte er.

Nach zwei Jahren in Neuenburg zog Laurent wieder nach Zürich. Er wohnte bei seinen Eltern und arbeitete weiterhin bei der SKA am Paradeplatz. Bald kündigte er seine Anstellung und folgte dem Rat von Eugen. Er meldete sich bei der Sprach- und Kommerzschule Swiss Mercantile in London an.

Die Schule machte einige Vorschläge für Unterkünfte. Die meisten Landladies wohnten im Norden von London, Golders Green oder Finchley Road waren die nächsten U-Bahn-Stationen. Jede Landlady forderte von einem zur Auswahl stehenden Untermieter ein Bewerbungsschreiben. Das war üblich. Eugen riet ihm, sich möglichst als kulturell Interessierter und vielleicht noch als sportlicher Typ darzustellen. Laurent schrieb: I like classical music and tennis. Beides war nicht ganz richtig, aber auch nicht ganz falsch.

Laurents Lebensschiff steuerte vorwärts; der Anker war gelichtet, die Segel gehisst. Er war frei und bereit für neue Ufer.

Teil 3

Der Januar war schneereich. Auch an diesem Morgen, als Laurent sein Zuhause verliess und nach London reiste, schneite es. Der Zug von Zürich kam mit etwas Verspätung in Basel an. Das Schneetreiben dauerte die ganze Nacht. Es war eine der Nächte, in der die Schneepflüge überfordert waren und der Schnee den Verkehr zumauerte. In Basel wurden die Flocken allmählich dünner und ergaben sich.

Vor dem Perron auf dem Bahnhof in Basel versammelten sich alle Schüler, die sich für den Sprachkurs in London für die nächsten vier Monate eingeschrieben hatten. Es waren viele. In der Mehrheit waren die Deutschschweizer, wenige Tessiner, ein paar Welsche. Die Sprache ist ein starkes Band, es teilte die Gruppe bald in Grüppchen ein. Ein Lehrer der Schule als Begleitperson reiste mit. Er wirbelte umher, um die Dokumente der Schüler einzusammeln. Der Zug stand bereits dort.

Die Stimmung war locker, Laurent fand leicht den Zugang zu den anderen. In seinem Innern klang etwas Beschwingtes an. Es war, als füllte sich ein heller Raum, der Freiheit heisst. Die Zukunft lag vor ihm, ohne Grenzen, gespickt mit tausend Möglichkeiten, dicht an dicht, zum Greifen nah. Die Reiselust, die Fahrt ins Unbekannte, ins Neue, die ersten Begegnungen, die allgemeine Heiterkeit nährten sein Hochgefühl, und es blieb, ohne dass es gehätschelt werden musste, es blieb. Es ging vorwärts in die richtige Richtung, in ein neues Leben.

Wie damals, als er mit der Familie L. an der Victoria Station angekommen war, stiegen auch jetzt alle Reisenden dort aus. Fast alle Schüler hatten ihre Unterkunft im Norden von London. Ihre Landladies bewohnten einfache kleinere Reihenhäuser und vermieteten ein oder zwei Zimmer an Studenten. Laurent nahm zusammen mit anderen ein Taxi. Die Adresse war in der Nähe von Golders Green. Es war schon später Abend, als er ankam. Er läutete und hörte jemand der Türe entgegen schlurfen. Eine, wie ihm schien, ältere Frau öffnete die Türe und empfing ihn überschwänglich. Laurent verstand kein Wort. Sie war Irländerin und hatte offenbar standhaft ihren Dialekt beibehalten, obwohl sie schon viele Jahre in London lebte. Ihre zwei Söhne studierten in Oxford und kamen jeweils an den Wochenenden nach London. Ihr Englisch war ganz klar verständlich und im Verlaufe der Zeit hätte Laurent gerne versucht, ein wenig mit ihnen zu sprechen. Aber sie waren borniert und trugen die Nasenspitze weit über einem Alien.

Das Zimmer war schlicht und funktionell. Die Heizung spärlich, sie musste fleissig mit Pennys gefüttert werden, damit die englische Winterkälte nicht ganz so leicht eindringen konnte. Das Morgenessen stand jeweils bereit, der Toast war kalt, die Milch auch und die Haferflocken pappig. Weil Laurent in seinem Bewerbungsschreiben angegeben hatte, er höre gerne klassische Musik, lief jeden Morgen auf einem Radiosender Beethoven, Brahms, Chopin. Das war hart. Das Radio hatte einen Wackelkontakt und manchmal kam es vor, dass es einen Aussetzer hatte. Laurent schnaufte dann auf. Die Landlady haute jedoch kurz danach mit ihrer Faust auf das Radio und es lief wieder. Laurent ertrug es weiter mit Fassung.

Laurent besuchte nun die Sprachschule und seine Englischkenntnisse erweiterten sich bald und klärten ihn unter vielem anderen auch auf über das Wort "Fuzzy", das ein Schüler auf die Rücklehne seines Stuhls malte. Er wollte den Stuhl am ersten Tag auswechseln, aber das ging nicht, er hätte sich eine Blösse gegeben. Also wartete er ab, bis sein sprachlicher Wissensstand ein gewisses Niveau erreichte.

Er liess nun die Haare um einige Zentimeter wachsen, kaufte neue Hosen, unten weit und oben schmal, ein Hemd mit wildem Muster, nicht allzu bunt. Gerade so, dass man sah, dass die Zeit der wilden Flower-Power-Jahre nicht ganz an ihm vorbei ging. Er passte weder zu den unruhigen Studenten, noch zu einer der linksgerichteten Organisationen. Mit Kollegen aus der Schule ging er an Musikpartys oder hörte ein paar Rockkonzerte. Er schlenderte hie und da die Carnaby Street entlang, ass auch Fish and Chips am Portobello Market, aber er liess sich nicht von der neuen liberalen Welle mitreissen, die sich nun durch Rebellion gegen alte Zwänge den Weg über die Jugend suchte.

Es war die Zeit der Träume und der Proteste. Laurent gehörte weder zu den Träumenden noch zu den Protestbereiten. Er las wohl in den Zeitungen, dass die USA verbissen und unaufhaltsam in Vietnam kämpfte, und dass keine Aussicht auf eine Kampfentscheidung bestand. Es stachelte ihn nicht auf, drängte ihn nicht, protestierend in endlosen Menschenströmen durch die Strassen zu gehen. Die Gesellschaft veränderte sich so oder so rasant, auch ohne seinen Eifer.

Der viermonatige Sprachkurs ging zu Ende. Laurent hatte nicht im Sinn, anschliessend gleich wieder in die Schweiz zurückzukehren. Er hörte sich um, ob er eine Anstellung ergattern könnte.

Das war nicht einfach. Alle Arbeitgeber fragten zuerst, ob er eine Aufenthaltsbewilligung hätte. Natürlich hatte er das nicht, ohne Anstellung keine Aufenthaltsbewilligung. Bei der Firma ImhofClocks verliess ein Schweizer gerade seine Stelle, weil er im Geschäft seines Vaters in der Schweiz aushelfen musste. Laurent erhielt die Stelle, arbeitete für drei Monate schwarz, sozusagen unter der Identität seines schweizerischen Vorgängers.

☆☆☆

Die Firma ImhofClocks importierte aus der Schweiz die Uhrenmarke Mido und aus Deutschland die Marke Kienzle. Sie war für diese Uhren als Grossverteiler in England tätig und auch für deren Reparaturservice zuständig. Die Büros befanden sich in einem hohen, neuen Gebäude in der City. Viele kleinere und grössere Trader-Firmen waren dort eingemietet. Laurent war neben anderen Aufgaben auch der Chef des Uhrmachers, also Head of Repair Department. Er pendelte vom Lager, das in einem nahegelegenen Holzschopf untergebracht war, der Uhrwerkstatt und dem Büro hin und her.

Der Uhrmacher war ein Jude, mittleren Alters, mit Spitzbart und dem unverkennbaren Profil. Er war klein, sein Rücken leicht gebeugt. Er hiess Elias, alle nannten ihn Eli. Über seinem Hemd trug er, an einer Schnur befestigt, eine Zehe Knoblauch. Somit konnte er Besucher davon abhalten, sich in seinem Gehege lange aufzuhalten.

Es war die Zeit des militärischen Aufrüstens der arabischen Staaten rings um Israel und auch Israel wurde von verschiedenen Seiten unterstützt. Die israelische Armee verfügte über modernste Waffen, war gedrillt und auf hohem Niveau ausgebildet. Die arabischen Staaten, vorwiegend Ägypten, gefährdeten mit bedrohlichen Massnahmen die Existenz Israels. Die Lage spitzte sich zu und Israel griff überraschend seine Nachbarstaaten an. Der Sechstagekrieg begann.

Eli blieb der Arbeit fern. Er hatte Verwandte in Jerusalem und beschloss in grosser Eile, nach Israel zu fliegen. Er meldete sich bei den Freiwilligen, die mit Bussen für die Kämpfe in die Wüste gefahren werden. Eli sah die vielen flüchtenden Araber und erlebte die chaotischen Zustände in diesem folgenschweren Krieg, der Israel zwar einen sensationellen, epochalen Sieg brachte, aber während Jahrzehnten nicht vergessen wurde. Die Wunden schlossen nicht, sie entzündeten sich immer wieder.

Während der Kampfhandlungen in diesen Kriegstagen verlor Eli einen Freund. Der Tod liess einen Stachel in seinem Herzen, er brach nicht und zersetzte sich nicht. Der Schmerz blieb und nährte die schwelende Glut der Unversöhnlichkeit.

In dieser Zeit musste Laurent zusehen, wie er zurecht kam, wenn die Uhrwerkstatt nicht besetzt war. Niemand flickte die Uhren. Die Eingänge von kaputten Uhren häuften sich und keine konnte repariert werden. Es fiel Laurent auf, dass viele Uhren, die bereits einmal zur Reparatur in der Werkstatt waren, wieder zurückkamen. Er stellte fest und hörte auch von den Kunden, dass die Ware offenbar nicht mit genügend Verpackungsmaterial umwickelt und dann auch noch lausig verpackt wurde. Die Uhrwerke waren mehrheitlich in einen Onyx Stein eingebaut. Dieser war leicht verletzlich und brach. Laurent musste der Sache nachgehen.

Zuständig für den Eingang und den Ausgang der Uhren war das Dispatching Department. Das war die Arbeit von Jim und John. Die beiden waren immer guter Laune, witzelten, rauchten, füllten Aschenbecher um Aschenbecher, wussten über alles Bescheid und hatten immer Vorschläge und Tipps bereit für jeden und in jeder Lebenslage. Jim tänzelte durch das Büro wie durch einen Ballsaal. Sie telefonierten liebend gerne und in voller Lautstärke. Sie setzten ihre Wünsche für ein schwarzes Telefon beim Chef, Mr Plumbridge, mit Vehemenz durch. Anders würde die Arbeit kaum gehen, meinten sie. Auch die schwarzen Ledersessel, die auf jeden Fall bis zum Nacken reichen mussten, wurden nach einigen Anläufen und nach, wie ihnen schien, plausiblen und triftigen Argumente dann doch bewilligt.

Jim und John kamen ursprünglich aus den englischen Kolonialländern Kenia und Nigeria. Jim war lang und schlaksig. Er bewegte sich leicht und temperamentvoll. John war gross, breitschultrig, korpulent, von imposanter Erscheinung. Wenn er sich erhob, war es als ob die Sonne unterginge oder gerade eine Wolke vorüberziehen würde und den Raum verdunkelte. Die Hierarchie zwischen den beiden war somit naturgemäss geregelt. Sie waren nie schlechter Laune, suchten von morgens bis Büroschluss nach Belustigungen, verbreiteten heitere Stimmung und waren jederzeit zu Spässchen aufgelegt. Ihre Unbekümmertheit lag über al-

lem. Der Tee stand immer neben dem täglich mit Spucke polierten schwarzen Telefonapparat. Als Laurent sie auf die
Retouren der defekten Uhren aufmerksam machte, hörten
sie aufmerksam und bereitwillig zu, sie nickten ernst. Der
Erfolg blieb aus.

Die Uhren kamen haufenweise zurück. Nichts passierte.
Laurent rotierte, meinte mit einem Exempel Eindruck machen zu können. Er zeigte den beiden eine defekte Uhr und
sagte: "Look here, the handle is lost." Jim und John schauten
sich für Sekunden an und dann lachten sie schallend drauflos. John hielt sich den Bauch, lehnte nach hinten, nach vorn
und lachte. Jim stand auf, machte vor Freude kleine
Sprünge, lachte und sagte: "Oh, you lost your handle, poor
man." Laurent war mit seinen Englischkenntnissen noch
nicht bis zum Slang vorgerückt und wusste nicht, dass mit
handle auch das männliche Glied bezeichnet wird. Er lernte
und gab es auf, gegen diese beiden anzukommen.

Die Stimmung blieb locker und fidel. Am Monatsende
war jeweils Zahltag. Alle Angestellten von ImhofClocks versammelten sich im Hauptbüro und Mr Plumbridge verteilte
die Lohntüten. Man bedankte sich und Mr Plumbridge verschwand wieder in seinem Büro. Als Laurent sich so richtig
angenehm in die Bürogemeinschaft eingelebt hatte, warf er
einmal vergnüglich das Couvert mitsamt dem Geld direkt
in den Papierkorb. Er bemerkte nicht, dass Eli, der Uhrmacher, zur Türe hereinkam und genau diese Szene beobachtete. Eli nahm das Geld aus dem Papierkorb, zerriss den
Umschlag, schmiss die Fetzen vor Laurent auf den Tisch
und verschwand wortlos. Laurent blieb verdutzt zurück. Er
nahm die zerrissenen Scheine, ging in Elis Werkstatt, warf

sie auf seinen Tisch und sagte: "Du bist gut im Flicken, kleb sie zusammen und tausche sie um bei der Bank." Er tat es.

Laurent teilte das Büro mit Mike und Ireen. Mike hatte verschiedene administrative Aufgaben und arbeitete schon längere Zeit bei ImhofClocks. Ireen, die Sekretärin, war für Mr Plumbrigde's Schreibarbeiten zuständig. Sie liess sich nur halbwegs mittragen von der Flower-Power Modeströmung. Aber sie trug enge, ziemlich kurze Röcke und betonte ihre Taille mit einem breiten Gürtel. Sie hatte blonde, lange Haare und grosse Brüste. Nicht nur ihre Haare wallten, wenn sie durch die Büros ging, auch ihre Brüste übernahmen die wogende Auf-und-Ab-Bewegung und regten Mike zum Anschauen an.

Im Sommer kündigte Ireen an, sie werde in die Ferien fahren, nach Italien. Mike liess sich nichts anmerken, aber es passte ihm nicht. Als Ireen nach zwei Wochen zurückkehrte, war eine Veränderung offensichtlich. Es war, als wollte sie die romantischen Ferienerlebnisse in den Alltag hinüberretten und nicht mehr loslassen. Sie erzählte von dem rauschenden Meer, von der wohltuenden warmen Sonne und vom kühlenden Wind in ihrem Haar. Mike war klug. Er versuchte ihre Stimmung aufzunehmen, stand am Fenster, schaute träumerisch, gedankenverloren in die nächste Baumkrone und atmete tief ein und aus.

Ein paar Jahre später erhielt Laurent eine Heiratsanzeige von Ireen und Mike.

Laurent wohnte schon längere Zeit nicht mehr bei der irischen Landlady in Muswell Hill. Er konnte über Beziehungen ein Studio mieten, ganz in der Nähe der U-Bahn-Station Kings Cross. Oft ging Laurent mit Kollegen aus. Er fühlte sich gut in der Weltstadt London. In der Nacht nahm er nicht immer die U-Bahn, sondern schlenderte gerne heimwärts durch die nächtlichen Strassen. Von einer Brücke aus beobachtete er eines Nachts einen Einbruch in eine Lagerhalle. Es waren drei Männer, einer davon ein Kleinwuchs, a dwarf. Sie brachen ein Fenster auf und hamsterten in aller Eile Spielzeuge und noch allerhand andere Ware. Einer war drinnen im Raum und reichte die Sachen dem nächsten, der gab sie weiter und der dwarf verstaute sie in einem alten, verbeulten Kleinbus.

Mike riet Laurent einmal, wenn er jemals so etwas sähe, so solle er so tun, als ob er es nicht gesehen hätte. Es gebe immer Stunk, wenn man Zeuge sei, meinte er. Laurent war gewarnt, aber dennoch: Als zwei Minuten nach dieser Beobachtung ein Bobby ihm entgegenkam, sagte er zu ihm: "Wenn Sie sich beeilen, erwischen Sie noch die Räuber." Er schilderte ihm, was er wo gesehen hatte. Der Bobby forderte ihn auf mitzukommen. Laurent stieg ins Polizeifahrzeug ein und die Fahrt ging los. Sie fuhren durch das Quartier, der Fahrer leuchtete mit den grellsten Scheinwerfern in halbverfallene Hinterhöfe, wo Katzen davonstoben, Hunde umherstreunten und wo zwischen Abfall und altem Plunder sich Liebespaare auf die Schnelle vereinten. Stundenlang fuhren sie durch die Strassen, sie fanden nichts, die Versteckmöglichkeiten waren fast endlos. Sie gaben vorerst auf und brachten Laurent zu später Stunde an seine Wohnadresse.

Am Morgen polterte es an der Türe, der Bobby war draussen und sagte: "Zieh dich an, komm auf den Posten, wir haben die Räuber, du musst sie identifizieren." Laurent erkannte sie. Am liebsten wäre er den bitterbösen, rachsüchtigen Blicken ausgewichen, denn sie stachen ihn ins Innerste.

Dann wurde er zur Verurteilungszeremonie als Zeuge vorgeladen. Es war ein Saal, wie vor Jahren der Wartesaal der dritten Klasse der SBB, mit Holzbänken, Rückenlehne an Rückenlehne. Die Richter erschienen in schwarzer Robe mit Perücke. Die Angeklagten sassen auf einer etwas erhöhten Bühne, mit dem Zeugen Auge in Auge.

Bei der ersten Vorladung sah Laurent per Zufall eine Liste der Fälle, die an diesem Tag behandelt werden sollten. Die Liste fing an mit Schwerverbrechern: Mördern, Vergewaltigern, Schusswechseln mit Folgen, häuslicher Gewalt und noch mehr; sein Fall war ganz zum Schluss angefügt. Bei dieser langen Liste reichte die Zeit nicht, sein Fall wurde ein erstes Mal vertagt, dann ein zweites Mal. Laurent teilte dem Bobby nun mit, dass er für eine dritte Vorladung keine Zeit mehr hätte, wenn nicht sein Fall das nächste Mal behandelt würde. Er müsse in die Schweiz zum Militärdienst. Das wirkte.

Der Bobby erwähnte nach der Verhandlung: "Du hast noch Geld gut, sag wieviel." Laurent rechnete lange hin und her: Taxi, Zeitausfall im Büro, Lunch, alles in allem kam er nach langem Rechnen auf 15 Pfund. Er erhielt: 1.5 Pfund. Das war es.

Laurent flog in die Schweiz für den Wiederholungskurs im Militär. Seine Eltern, Hedi und Theodor, planten ihren Sohn am Flughafen abzuholen. Hedi machte sich ein schönes Make-up, zupfte die Augenbrauen und formte sie. Eine Woche im Voraus wählte sie als Garderobe ihr beigefarbenes Jackett-Kleid. Das stand ihr gut, es war ihr Pièce-de-Resistance. Sie freuten sich auf Laurent. In ihrer Gedankenwelt fühlten sie sich ihm immer ganz nah, wo immer er war, was immer er tat oder entschied. Ihre täglichen Gesprächsthemen waren wie ein Haus mit vielen Zimmern. In jedem Zimmer war ein Winkel frei für Laurent, ein Ort, wo ihm die elterliche Liebe uneingeschränkt, für alle Zeit sicher war.

Das Flugzeug landete und Laurent erschien. Sein Blick ging über die wartenden Menschen hinweg und bald sah er Vater und Mutter. Sie begrüssten sich, die Mutter strich ihm leicht über den Rücken. Im Quartier war ein neues Restaurant eröffnet worden, dort wollten sie zusammen essen. Laurent hatte viele Geschichten zu erzählen, seine Eltern hörten gerne zu und unterbrachen ihn kaum. Es gab ihnen für viele Wochen neuen Gesprächsstoff.

Drei Wochen später war er wieder in London. Es war Herbst geworden. Der Wind blies in ein paar Zeitungsblätter am Strassenrand und liess sie dann liegen, bis der Regen sie an den Boden klebte. In den Parks verfärbten sich die Baumkronen der alten Bäume, die Blätter der Trauerweiden fielen in den Teich und drängten ans Ufer, als ob sie Schutz suchten. Herbst und Winter in London waren wie nahe Verwandte oder Geschwister. Sie ähnelten sich. Die Feuchtigkeit machte den Regen kalt und das Wohnen ungemütlich.

Jack Wasp, ein Freund von Laurent, der auch an der Sprachschule war, hatte eine grössere Wohnung in der Nähe der Victoria Station gemietet. Sie war angenehm beheizt und komfortabel eingerichtet. Er fragte Laurent, ob er mit ihm dort wohnen möchte. Laurent sagte sofort zu. Er wollte keinen englischen Winter mehr in einer unbeheizten Bude verbringen. Laurent verabredete sich eines Abends mit Jack Wasp im Swiss Club. Laurent war das erste Mal dort, Jack verspätete sich und war noch nicht angekommen. Laurent schaute sich um, ging an die Theke und fragte den Barman: "Do you have a price list"? Schweigen. Dann brüllten alle an der Theke: "Give him a pint!" Laurent wusste, das war die falsche Frage.

In der zweiten Reihe stand eine junge Frau, sie war gross, schlank, trug lange schwarze Haare und ein rotes Kleid. Mit ihrer hellen Haut, ihrem klaren Teint und den feinen Gesichtszügen wirkte sie nicht gerade so, als ob sie öfters in Pubs verkehren würde. Dass man in einem Pub nach einer Preisliste fragte, kam ihr jedoch sonderbar vor. Sie schaute Laurent an und ihre Blicke trafen sich. Mit der Pint in der Hand bahnte er sich den Weg Schritt für Schritt in ihre Nähe. Ihm gingen noch die Worte seines Bürokollegen Mike von ImhofClocks durch den Kopf; als er nach seinem Rat fragte, wie man am besten an Mädchen herankomme, und ob man erwähnen solle, dass man Schweizer sei, meinte er: "Schweizer, nein, das sicher nicht, schon eher Franzose. Die Engländer mögen den französischen Wein, die vielen Käsesorten und vor allem den französischen Akzent." So wagte Laurent das Gespräch und sagte in seinem in Neuenburg gelernten Französisch: "Je viens de Marseille." Sie richtete ihren klaren

Blick auf ihn und mit freundlicher, ruhiger Stimme kam das Echo: "Listen, I don't care where you come from."

Sie erzählten sich gegenseitig, woher sie kamen und was sie in London machten. Mona arbeitete bei Reader's Digest in der Redaktion. Sie hatte in Neuseeland in einem Internat bei katholischen Schwestern eine solide kaufmännische Ausbildung bekommen, mit einem guten, über dem Durchschnitt liegenden kulturellen Fundament. Ihre Eltern lebten auf der neuseeländischen Südinsel in Timaru. Ihre sieben Geschwister waren jünger und lebten, ausser Grace und ihr, alle noch im elterlichen Haus. Mona war vor zwei Jahren mit ihrer Schwester Grace zu einer Europareise aufgebrochen. Ursprünglich wanderten die Vorfahren aus Frankreich und Irland nach Neuseeland aus. Verwandte oder Nachfahren in diesen Ländern hatte sie keine mehr oder kannte sie nicht.

Mona hatte während ihrer Zeit im katholischen Internat viel erfahren über Europa, die Architektur der Städte und der Kirchen. Es war ihr grosser Wunsch, einmal diese Länder zu bereisen. Vom Pilgerort Lourdes eine Flasche Wasser heimbringen, und auch die Sixtinische Kapelle sehen und den Petersdom. Nach dem Besuch von Rom und Lourdes reisten Mona und Grace durch Europa, sahen viel und erfreuten sich ihrer Jugend. London war der Anfang ihrer Reise gewesen und vorläufig auch das Ende.

Kurz vor ihrer Abreise in Auckland hatte Grace den Engländer Henry kennengelernt. Er arbeitete auf einem Frachtschiff und war auf der Karriereleiter bereits ziemlich weit oben angelangt. Seine Wohnbasis hatte er in Eastbourne in Englands Süden. Es lag auf der Hand, dass Grace möglichst schnell wieder in London sein wollte.

Mona suchte sich eine Gastfamilie und einen Job in London. Bei Reader's Digest gefiel es ihr. Sie war Lektorin, korrigierte und feilte an den eingegebenen Texten, die dann in den nächsten Ausgaben erschienen.

Laurent und Mona trafen sich nun oft. Sie machten kleinere Ausflüge, besuchten in diesem Winter ein oder zwei Theater-Aufführungen im Soho und trafen sich häufig zum Abendessen. In Zuneigung und Verbundenheit fanden die beiden den Weg zueinander. Die Liebe umging die Zeit der Verliebtheit. Sie legte sich überraschend entschlossen wie ein vertrautes Kleid über Mona und Laurent. Manchmal berührten sie sich leicht, dann umfasste er sofort ihre Hand und drückte sie fest. Worte brauchte es nicht.

Die Weihnachtstage nahten. Jack Wasp war ein grosser Fussballfan, und weil in den Weihnachtstagen keine Spiele stattfanden, flog er nach Hause in die Schweiz. Laurent und Mona planten nun, in der Wohnung eine Party steigen zu lassen. Sie wollten ein paar Leute einladen. Kollegen aus der Sprachschule und einige junge Frauen von Reader's Digest. Sie waren sich bei fast allen Eingeladenen einig, ausser bei Erich, er benahm sich gelegentlich ungehobelt; im Pub war er eher bei jenen, die das Portemonnaie vergessen hatten. Laurent fand, man sollte ihn doch auch dabeihaben, und sie luden ihn ein. Er sagte gerne zu. Seine Freundin arbeitete im Hotel Dorchester, ein Fünfsternehotel an bester Adresse in London Mayfair. Sie mietete für diesen Abend einen ganzen Geschirr-Service mit prächtigstem, klassischem Dekor – grosse Teller, kleine Teller und Gläser in feinstem Kristall.

Die Wohnung sah festlich aus mit dem grossen Christbaum, den vielen silbernen, goldenen und farbigen Kugeln und der weihnächtlichen Dekoration. Der Tisch war geschmückt und die englischen Sausages mit Heinz Ketchup und Pommes frites passten wenigstens farblich zum blauen Dekor des kostbaren Geschirrs. Getrunken wurde viel. Getanzt wurde wild.

Und dann, es war nicht Erich, nein, es war Kurt, der den an der Wand hängenden Polizeiknüppel entdeckte, den Jack Wasp einmal bei einem Fussballspiel mitgehen liess. Kurt nahm ihn von der Wand, pflückte eine Weihnachtskugel nach der anderen und zerschellte sie mit dem Knüppel in der typischen Körperhaltung des Tennisspielers beim Aufschlag. Das Spiel artete aus und machte grosse Freude. Als keine Kugeln mehr am Baum waren, sprang ein Mädchen auf das Bett, machte einen Überschlag. Es sah perfekt aus, sie erhielt tosenden Applaus, aber mit den hohen spitzen Absätzen schlug sie ein Loch in die Wand, die Tapete war weg und ein recht grosses Stück Gips lag auf dem Bett.

Der Morgen brach an, die meisten Gäste gingen. Es war nicht Erich gewesen, der ausrastete in dieser stürmischen Nacht. Erstaunlicherweise half er im Morgengrauen beim Aufräumen. Die Scherben der Christbaumkugeln liessen sie vorerst liegen. Laurent wurde am späteren Vormittag von einem hellen schrillen Geräusch geweckt: Es waren die Fragmente der zarten Kugeln, die flott im Schlund des Staubsaugers verschwanden. Mona war bei der Arbeit.

In den ersten Januartagen fiel in London Schnee. Der Himmel war schon seit längerem grau und hing tief, ab und zu regnete es. Eines Nachts kippte die Temperatur gegen ein Grad unter die Null und Schneefall setzte ein. Grosse Flocken fielen wogend auf den Boden und wurden vorerst zu

Wasser. Später wirbelte der Schnee immer dichter und wilder. Bald bedeckte er die Strassen und Dächer. Innert Stunden wurde den grossen Parks von London ein unbekanntes, nie getragenes Kleid aufgedrängt. Die Enten setzten sich auf die Steine an den Ufern und zogen ihre Hälse ein. Die Schneelast veränderte die Form der Bäume. Es schneite weiter, ruhig, gelassen leerten sich die Schneewolken über London. Der Verkehr stand still. Nichts ging mehr. Die Betriebe schlossen ihre Türen. Das Personal blieb zu Hause. Auch bei ImhofClocks kam niemand zur Arbeit.

Am vierten Tag liess sich die Sonne nicht mehr länger zurückhalten. Sonne und Regen wechselten ab. Fussgänger und Autofahrer erkämpften sich in gleicher Weise einen Weg durch die Schneehaufen. Geräumt wurde nicht, dafür fehlte die Gerätschaft. Die Natur stellte selber langsam die Normalität wieder her. War es die weisse Pracht, die London anfänglich verstummen liess, oder waren es die zwei Nächte, in denen die Schneeflocken vor den Fenstern munter tanzten, auf jeden Fall war es so, dass Laurents Plan in die Schweiz zurückzukehren, immer mehr Form annahm.

✰✰✰

Laurent sprach nun öfters von der Heimkehr in die Schweiz. Mona hörte zu. London und der Job bei Reader's Digest war für sie momentan eine gute Möglichkeit in Europa zu bleiben, in einer Stadt, wo ihre Sprache gesprochen wird und ihr die Mentalität entsprach. Sein Entschluss, in der Schweiz einen Job zu suchen, festigte sich.

Er fragte Mona, ob sie mitkommen möge. Anfänglich würden sie bei seinen Eltern wohnen. Er plane in Basel einen einjährigen Bildungslehrgang in Unternehmungsführung zu besuchen. Nachher würde man weitersehen. Mona war unschlüssig. Als die ersten Daffodiles blühten und der Hyde Park duftete von der Narzissen Pracht, verliess Laurent London und reiste in die Schweiz.

Bereits in London hat er sich bei einer amerikanischen Autovertriebsfirma für eine befristete Stelle beworben und diese auch erhalten. Am Wochenende wohnte er bei seinen Eltern. Die Wohnung am Sihlquai war geräumig, sein Zimmer recht gross. Er hoffte, dass Mona sich entschliessen könne, in die Schweiz zu kommen. Es hatte einen Haken, das wusste er. Es war das stark Verbindende mit ihrer Familie in Neuseeland. Diese Brücke hatte feste Pfeiler und sie trug und ertrug alles. Die innere Verbundenheit mit ihren Eltern und Geschwister und das Zusammengehörigkeitsgefühl waren gross. Mona war eine Neuseeländerin, so wie man es der Wesensart der Neuseeländer zuschreibt. Ihr Wirklichkeitssinn, ihr gesunder Menschenverstand und ihre Gradlinigkeit hatten einen festen Anker in ihrem Innern.

Laurent und Mona schrieben sich. Ein paar Briefe gingen hin und her. Telefoniert wurde nicht. Vor der Abreise in London gab er Mona die Telefonnummer seiner Eltern.

Er steckte eine Notiz beim Wandtelefon zwischen das Telefonbuch und sagte, dass eventuell in nächster Zeit Mona anrufen werde, sie spreche Englisch, hängte er noch an. Theodor und Hedi sahen sich an und wunderten sich über diese eher dürftige Information. Als eines Abends das Telefon läutete, es war zum Glück Samstagabend und Laurent war zu Hause, hörte Theodor am anderen Ende eine freundliche Stimme, sie sprach Englisch. Sofort gab er den Hörer weiter. Mona war im Bahnhof Enge angekommen.

Während der Zeit, als Laurent die Kaderschule in Basel besuchte, war Mona mit seinen Eltern allein. Theodor und Hedi meldeten sich für einen Englischkurs an der Volkshochschule an. Die Lehrerin brachte ihnen mit viel Wohlwollen und Geduld einige Sätze und die Aussprache bei.

Sie versuchten, sich so gut es eben ging zu verständigen; einfach war es nicht. Die Wohnung liess auch räumlich nicht viel Spielraum. Mona besprach mit Laurent die in jeder Hinsicht etwas einengende Lage. Mona wollte sich mehr ausserhalb der Wohnung aufhalten und wenn möglich betätigen. Sie suchte einen Job. Laurent schlug vor, dass sie ein Inserat aufschalten liessen.

Mrs O. meldete sich. Sie war Amerikanerin, vor kurzem starb ihr Mann und sie suchte eine junge Frau, mit der sie sich in Englisch unterhalten konnte. Sie wohnte am Zürichberg in einer Villa. In nächster Zeit wollte sie von dort in eine Wohnung ziehen und versprach sich von Mona ein wenig Unterstützung, eher in freundschaftlicher Hinsicht. Mona und Mrs O. verstanden sich auf Anhieb. Es war eine gute Fügung, eine Freundschaft bahnte sich an und blieb über viele Jahre.

Mona blühte auf und wurde langsam vertraut mit Zürich und dem Quartier rund um den Escher-Wyss-Platz, wo sie wohnten. Das Quartier war in den 70er Jahren im Begriff, sich nicht wiedererkennbar zu verändern. Mit Vehemenz wurde politisiert über diese einschneidende Umbildung. Initiativen wurden ergriffen und gingen verloren. Das neue Gesicht wurde dem Quartier nun aufgedrückt durch die Betonbrücke für den Autoverkehr, die die Wiese vom Escher-Wyss-Platz bis Hardturm überdachte. Die Bewohner rund um den Escher-Wyss-Platz mussten allmählich Abschied nehmen von ihrer Metzgerei, der Bäckerei, dem Wollladen und dem Milchladen, diese wurden nicht mehr der kommenden Generation übergeben. Snack-Bars und Pizzerien öffneten mit farbigen Werbeplakaten.

Auch der Kiosk in dem runden Gebäude auf der Wiese wurde abgebrochen. Laurent erzählte Mona, dass er als Kind mit seinem Kumpan Päuli dort Fussball gespielt habe. Am Kiosk sei immer Verlockendes angeboten worden. Eines Tages peilte Päuli so arglos wie möglich die Auslage an und zielte mit dem Finger so schnell auf ein Caramel Bouché, dass es zu Boden fiel. In diesem Moment sei der Kiosk-Inhaber um die Ecke gekommen und mahnte ihn, das Bouché schleunigst wieder hinzulegen. Beide Buben bedauerten das. Laurent war sich jedoch nicht so sicher, ob Päuli geteilt hätte, eher hätte er erklärt, dass der Inhalt allzu zäh sei, um ihn abzutrennen.

✩✩✩

Es war Sonntag und ein Frühlingstag, wie er an einem Sechseläuten sein sollte. Der Himmel war klar blau, ein paar harmlose Wolken, die Aprilsonne wärmte schon am Morgen und der Südwind hob die Fahnen leicht und senkte sie wieder. Mona und Laurent hatten nicht vor, am Fest dabei zu sein. Laurent wollte Mona die Zürcher Umgebung zeigen, die Berge und den See. Der Albispass schien geeignet zu sein. Die Sicht auf den Pilatus und die Mythen, das Säuliamt mit den sanften Hügeln und den kleinen Dörfern und der Zürichsee, der prächtig und blau unter ihnen lag, sollten Mona einstimmen für ihr Bleiben in der Schweiz. Lange verweilten die beiden in trauter Zweisamkeit an diesem stillen

Plätzchen über dem Zürichsee. Sie sprachen über die Zukunft, über das Leben und über die Liebe. An diesem Tag sagte Mona ja zu einem Leben mit Laurent.

Vieles wurde in der darauffolgenden Zeit leichter für sie. Sie baute auf das feste Fundament der Liebe, der gegenseitigen Zuneigung und der Harmonie. Das unerschütterliche Vertrauen in Laurent gab ihr Mut und Schwung. Laurent war zwar noch in Basel an der Kaderschule, aber es kam ihr vor, als ob das Zimmer in der Wohnung am Sihlquai geräumiger geworden wäre. Sie atmete freier, sie sah in die Zukunft und ein neues gemeinsames Leben mit Laurent lag vor ihr. Die Verständigung zwischen ihr und seinen Eltern ging flüssiger. Die Missverständnisse waren nicht mehr so von Belang, sie verloren an Bedeutung.

Die Zeit verging nun schnell. Es waren noch wenige Wochen bis zu Laurents Abschluss des Bildungslehrgangs. Es war leicht für ihn, eine Stelle für die Zeit nach dieser Ausbildung zu finden.

Ein Detailhandelsgeschäft für Schuhe suchte einen Geschäftsführer, der mehrere Filialen in Zürich und in Luzern betreuen sollte. Er entschied sich für diese Stelle, weil sie ihm viel Abwechslung und sicherlich die Möglichkeit bot, das Gelernte anzuwenden. Die grösste Filiale war in Luzern und es war vorgesehen, dass er als Geschäftsführer dort anwesend sein musste.

Das erste, was für die neubezogene möblierte Wohnung in Luzern bestellt wurde, war ein Sofa mit zwei Fauteuils. Obwohl die ganze Lieferung mir nichts, dir nichts, vor die

Türe nebenan gestellt wurde und das Nachbarsblut aufwallen liess, freute sich Mona riesig. Es war nicht ihre Art, übersprudelnde Begeisterung zu zeigen, aber nun liess sie ihren Gefühlen freien Lauf. Sie hatte ein Zuhause, allein mit Laurent. Sie flegelte sich regelrecht in die Polster, zündete genüsslich eine Benson & Hedges an und Schluck für Schluck schmeckte ihr der Whisky immer besser. Sie wohnten in der Überbauung St. Karlihof. Die Wohnung lag fast am Ufer der Reuss. Von dort aus konnte man den gemächlich fliessenden Fluss beobachten oder entlang spazieren. Um in die Altstadt zu gelangen, war die Kapellbrücke ganz nah.

Laurent arbeitete in der Innenstadt. Als Geschäftsführer oblagen ihm alle Bereiche des Verkaufs und der Administration. Er war verantwortlich für die Anstellung des Personals sowie für den gesamten Geschäftsablauf. Vorerst musste er keine neuen Verkäuferinnen einstellen. Die Belegschaft war vollzählig. Der Verkauf lief gut, die Geschäftslage war perfekt, auch für die vielen ausländischen Touristen. Luzern war eine lebendige Stadt. Mona arbeitete im Verkauf von Souvenirs. Sie war zwar nicht mit Leib und Seele für den Verkauf zu gewinnen, aber dafür gewann sie englischsprechende Freundinnen. Jeden Freitag war Ladies Night. Dann flegelte sich Laurent in die Polster, bis Mona nach Hause kam und sie zusammen den Tag abschlossen.

Der Morgen des Verlobungstages brach an. Sie fuhren nach Zürich. Über der Reuss und dem See lag ein leichter Herbstnebel. Der See lag still da, die Wellen ruhten. Der Tag versprach hell zu werden. Durch den Nebel zeigte sich ein schwaches Blau des Himmels. Laurent freute sich, seine Eltern bald wieder zu sehen und Mona freute sich, dass Laurent bei ihr war. Sie gab sich Mühe, nicht daran zu denken, dass niemand, weder ihre Eltern noch eine ihrer Schwestern oder ihrer Brüder da waren, mit denen sie das Glück hätte teilen können. Wenn sie Briefe nach Neuseeland schrieb oder mit Grace in England telefonierte, fühlte sie in letzter Zeit ein leises Klemmen in ihrer Kehle; zwar kaum spürbar, aber es war da. So wie gerade an diesem Anlass, als sie Mrs O., ihre beiden Söhne Niklaus und Fred, Hedi und Theodor, ihre zukünftigen Schwiegereltern, begrüsste. Das festliche Essen war im Alten Tobelhof. Hedi und Theodor unterhielten sich mehr oder weniger gut im englischlastigen Sprachgewirr. Sie gaben sich Mühe, die englischen Brocken, die sie auswendig gelernt hatten, anzuwenden. Es blieb ihnen fremd und so richtig behaglich war ihnen nicht zumute.

Der Winter in Luzern war mild. Der Schnee fiel spärlich, Touristen kamen und gingen. Ab anfangs November sprachen die Einheimischen vom wichtigsten Ereignis in der Stadt, von der Fasnacht.

Im Schuhgeschäft war es üblich, Ende Jahr Inventar zu machen. Die erste Verkäuferin schlug vor, bereits im November stichprobenweise die Ware zu zählen. Es fiel ihr auf, dass der Betrag in der Kasse auffallend klein war, zu klein für den Umsatz, der jeweils am Mittwoch oder am Samstag gemacht wurde. Sie machte Laurent auf diese Unstimmigkeiten aufmerksam. Die beiden fingen an nachzurechnen und stellten tatsächlich Differenzen fest. Eine Aushilfeverkäuferin, die seit vielen Jahren an zwei Tagen die Woche arbeitete, fiel dabei auf. Sie war gut aussehend, immer hübsch zurecht gemacht, trug dezent Schminke auf, nicht zu wenig, nicht zu viel. Sie war eine fachkundige Verkäuferin, beriet die Kunden gut und sie kauften. Nach den Beobachtungen des Verkaufs hätte viel mehr Geld in der Kasse sein müssen.

Oft war es so, dass die Kunden bei ihrem Einkauf in zeitliche Bedrängnis kamen, weil in diesem Stadtteil die Parkplätze knapp waren. Sie verabschiedeten sich so schnell wie möglich und verzichteten gerne auf die Quittung. Das war wahrscheinlich der Kern der Idee gewesen: die Kunden möglichst lange beraten und dann vorschlagen, ob sie auf die Quittung verzichten möchten. Der Betrag wurde auf dem hinteren Umschlageblatt eingetragen. Wie alle anderen Verkäuferinnen hatte auch sie ihr eigenes Quittungsbüchlein mit zwei Durchschreibeseiten, die eine Seite für den Kunden, die andere Seite blieb im Büchlein.

Laurent wollte schnell handeln. Er war verantwortlich für die Differenzen und musste diese aus dem eigenen Sack bezahlen. Es war nicht wenig. Laurent verständigte die Polizei. Mit einem verdeckten Polizisten wurde ein Zeitpunkt abgemacht, zu dem dieser das Geschäft betrat und sich von der verdächtigen Verkäuferin beraten liess. Bis ins letzte wurde er von ihr über das feine Leder und die solide, strapazierfähige Sohle aufgeklärt und wurde auch gefragt, ob er noch Reinigungsmilch, Schuhwichse und Imprägnierspray brauche. Dann ging es schnell; er verabschiedete sich wegen der angeblich abgelaufenen Parkzeit und verzichtete auf die Quittung. Von aussen beobachtete er, dass die Verkäuferin einen Eintrag in ihr Quittungsbüchlein machte und das Geld nicht in die Kasse legte. Er betrat wieder den Laden und wandte sich an den Geschäftsführer Laurent. Er ordnete an, Kassensturz zu machen und die Differenz wurde schnell geklärt. Vier Tage war die Verkäuferin im Stadtgefängnis. Jedes Mal, wenn Laurent durch die Weggisgasse ging, schaute er nach oben zum Fenster mit den eisernen Stäben. Leidtun oder verschonen, beides wäre nicht gegangen.

Kurz danach war Fasnacht in Luzern. Am Güdismändig war es üblich, dass alle Verkaufsläden einen guten Tropfen Wein für die Böögen bereitstellten. So gegen Abend kamen sie in Scharen. Dieses Jahr als Skelette verkleidet, stiegen sie den Verkäuferinnen nach, waren durch den ersten Stock und das Parterre hinter ihnen her. Sogar bis ins Lager im Untergeschoss folgten sie ihnen, es wurde gekreischt und gejohlt. Einige waren begeistert, ihr Gesicht freudig errötet und die Vorfreude auf den Abend schien unübersehbar. Laurent war nicht erfreut, die Flecken vom verschütteten Wein auf dem Teppich passten ihm gar nicht. Er war froh, als dieser Überfall vorbei war. Fasnacht blieb fremd für ihn.

☆☆☆

Im Laufe des Jahres planten Laurent und Mona ihre Hochzeit. Sie wollten in absehbarer Zeit wieder nach Zürich ziehen. Die Hochzeit sollte dort stattfinden. Mona musste die erforderlichen Dokumente in Neuseeland besorgen. Der Papierkram mit der Stadtbehörde wurde immer üppiger und immer komplizierter. Irgendwann entschied Laurent, der Einfachheit halber, nach England zu fliegen und dort zu heiraten. Für Mona kam dieser Vorschlag unerwartet, und sie nahm ihn gerne entgegen. Ihre Schwester Grace und deren Mann Henry sollten Trauzeugen sein. Monas ehemalige Gastfamilie in London hatte gute Kontakte zur römisch-katholischen Kirche und schlug die Kirche St. Mary of the Angels vor, die in ihrem Quartier in Bayswater lag.

Beim nächsten Besuch in Zürich wollten sie es Hedi und Theodor sagen. Das war für Laurent nicht leicht. Er wusste, wie gerne seine Mutter sich für ihn und für dieses Ereignis schön gemacht hätte. Wie gerne hätte sie ein neues Kleid ausgewählt, wie gerne und freudig diesem Tag entgegengeschaut. Er war ihr einziges Kind, ihr Sohn, er war ihr Glück und ihre Freude, ihm gaben sie all ihre Liebe und ihre Bewunderung. Ihr Herz gehörte ihm. Nun kam es anders.

Als an diesem Abend Mona und Laurent die Wohnung am Sihlquai verliessen und es wieder ruhig war, lehnte sich Hedi an Theodor. Ihre Augen brannten und füllten sich langsam, unaufhaltsam mit Tränen, bis sie über ihre Wangen flossen. Seit vielen Jahren hatte sie nicht mehr geweint, sonderbar, wie leicht es ging. Theodor schwieg, nahm ihre Hand und drückte sie fest.

Der Tag der Hochzeit wurde festgelegt, die Papiere von Neuseeland kamen in England pünktlich bei Grace und Henry an. Mona flog eine Woche vor dem Heiratstermin nach London. An Laurents Abflugtag lag dichter Nebel über Kloten. Unmöglich konnte dieser Flug durchgeführt werden. Laurent war gezwungen mit der Bahn nach London zu fahren. Alles wurde von der Fluggesellschaft organisiert. Zeitlich wurde es knapp.

Eine Unterredung mit dem Pfarrer in der Kirche in Bayswater drei Tage vor der Hochzeit war zwingend. Die Hochzeit konnte ganz klar nicht verschoben werden. Nach vielen Stunden Bahnfahrt durch Frankreich kam er in Calais an. Die Fähre war bereit zur Überfahrt über den Ärmelkanal. Die meisten Reisenden wurden seekrank. Laurent blieb standhaft, sein Magen knurrte, weil er Hunger hatte. Ihm schmeckte das Essen und er liess es sich wohlergehen. Die Fahrt von Dover nach London verlief nun schnell und der Zug traf termingerecht an der Victoria Station ein.

Mona war da. Laurent kam ihr entgegen, übernächtigt, schmuddelig mit ungewaschenen Haaren und Stoppelbart. Freudig und gut gelaunt nahm er sie in die Arme. Sie zögerte leicht, hielt kurz den Atem an; der Gedanke, ob sie sich wirklich diesen Mann ausgesucht hatte, blitzte unweigerlich auf. Nun, er war es, sie liess sich umarmen.

Der Pfarrer von St. Mary of the Angels besprach mit Laurent nicht nur die Trauungszeremonie, er schaute ihm auch genau in die Augen und fragte ihn: "Are you sure you want to get married?" Laurent war erstaunt über diese Frage, war der Schritt doch wohlüberlegt.

Mona, Laurent, Grace und Henry besuchten am Abend vor dem Hochzeitstag ein Theaterstück im Soho und gingen danach in eines der nahegelegenen Restaurants zum Abendessen. Alle waren wohlgelaunt, guten Mutes und in froher Stimmung. Henry sorgte dafür, dass die Gläser nie lange leer waren. In England ist es Brauch, dass sich die Brautleute ab Mitternacht vor der Trauung nicht mehr sehen. Mona übernachtete bei der Gastfamilie Wilson und Laurent verbrachte den restlichen Abend mit Henry und Grace im Hotel.

Es war Mitte Januar. Der Wind blies kräftig und jagte die Wolken über die Insel. Zeitweise öffnete er den Himmel und gab der Sonne kurze Momente Zeit, dann nahm er wieder dunkle Wolken mit, die ein paar Regentropfen verloren.

Bräutigam Laurent und Trauzeuge Henry waren mit dem Taxi unterwegs Richtung Bayswater. Es wäre eigentlich eine kurze Fahrt gewesen, wenn nicht der Taxichauffeur die Adresse missverstanden oder verwechselt hätte. Henry stellte plötzlich fest, dass sie durch Quartiere fernab von Bayswater fuhren. Er klopfte an die Scheibe des Cabs und wiederholte die Adresse. Nun nahm der Fahrer die Karte hervor, suchte wild nach der Strasse, hielt die Karte an die Scheibe und fragte nochmals nach. Nun drängte die Zeit. Nach Verfehlen einiger Abzweigungen kamen sie endlich an.

Die Braut durfte nicht vor dem Bräutigam in der Kirche sein, das war ein ungeschriebenes Gesetz. Mona kurvte schon längere Zeit mit dem Chauffeur in der Staatskarosse, die der englische Staat für Hochzeiten zur Verfügung stellte, rund um die Kirche. Obwohl Mona nicht so schnell aus der Verfassung zu bringen war, kamen die Zweifel. Die Glocken verstummten bereits, als sie aufatmen konnte: Mona sah Laurent und Henry eintreffen. Eine knappe Minute zu spät.

Ein Bekannter der Gastfamilie Wilson führte die Braut in die Kirche und übergab sie Laurent. Das Paar sah sich an und in ihren Augen lag das Ja.

☆☆☆

Bereits für den nächsten Monat war die Reise nach Amerika mit Mrs O. geplant. Das Haus an der Susenbergstrasse war geräumt und Mrs O. hatte die neue Wohnung an der Freudenbergstrasse bezogen. Mona und Laurent waren für die dreimonatige Reise eingeladen worden. Mrs O. besass ein Haus in Guilford an der Atlantikküste. Sie wollte vermehrt ihre Zeit dort verbringen und Mona und Laurent sollten ihr bei der Neumöblierung und den eventuellen Renovierungsarbeiten behilflich sein und vor allem war ihr daran gelegen, dass sie ihr Gesellschaft leisteten.

Laurent kündigte seine Stelle in Luzern und bewarb sich für die Übernahme einer verantwortungsvollen Marketing-Position bei einem amerikanischen Grosskonzern in Zürich. Er hoffte den Anstellungsvertrag während der Zeit in Amerika zu erhalten.

Das Schiff Michelangelo war im Hafen von Genua bereit für die Überfahrt. Es war Februar und dunkelte früh. Am Vorabend betrachteten Mona und Laurent vom Hotelfenster aus das rege Treiben am Bahnhof und sahen, wie das gigantische Schiff, welches sie morgen innerhalb von sieben Tagen nach New York bringen würde, in einem Lichtermeer vor ihnen lag. Der Glanz der Lichter und das dunkle Meer nährten und beflügelten das Fernweh.

Am nächsten Tag steuerte das Schiff auf den Golf von Neapel zu und vertäute sich vorerst im Hafen von Capri. Der Ausflugsbus holperte über das bald hügelige, bald gebirgige Land und kroch dann langsam die steile, enge Passstrasse hoch, bis das atemberaubende Panorama auch die geschwätzigste Schar für einen kleinen Moment verstummen liess. Der blaue Februarhimmel und das ruhende Meer trafen sich am Horizont, wo Mona ihren Blick verweilen liess und den Gedanken Zeit und Raum gab, zu ihren Lieben an das andere Ende der Welt zu ziehen.

Das bunte quirlige Neapel bot einen krassen Kontrast zur Beschaulichkeit auf der Insel Capri. Die Ausflügler begaben sich nach der Stadtbesichtigung zurück zum Schiff, das sie am nächsten Tag in das mondäne Cannes brachte.

Mona war am Morgen mit Mrs O. verabredet und Laurent bummelte auf der Quai-Promenade. Eine Frau fiel ihm auf. Ihre schrille Aufmachung stach ihm ins Auge. Sie trug ein knallrotes hautenges Kleid, die Brüste knapp über der Brustwarze bedeckt, halb mit dem Kleid, halb mit der weissen Pelzjacke. Die Haartracht des weissen afghanischen Windhundes an ihrer Seite ähnelte auffällig der ihrigen. Laurent begab sich ziemlich beeindruckt auf den Rückweg und war erstaunt, als sie hinter ihm ging und als neue Passagierin im Schiff verschwand. Er sah sie noch einmal, als sie ohne Make-up, mit ungekämmtem, verschwitztem Haar aus der Kabine des Stimmungsmachers aus Düsseldorf kam.

Die Annehmlichkeiten auf einem Schiff trugen wesentlich zum Wohlbehagen bei. Die Stimmung lag zwischen gediegener Zurückhaltung und vorsichtigem Schielen nach Ausgelassenheit. Es war die Zeit, in der weltweit die Leine für den Karneval losgelassen wurde und sich die Stimmung aufheizte, wie auch bei dem Mitreisenden aus Düsseldorf. Er wusste von Abend zu Abend mit Temperament und Ansporn das ganz Drumherum mehr und mehr zu steigern bis zu dem Punkt, an dem viele bereit waren, sich zu verkleiden und in Polonaise schaukelnd und singend durch das Schiff zu ziehen. Das Kostüm ergab sich aus dem Fundus der bestehenden Garderobe. Als die Polonaise an dem kleinen Nebentisch vorbei torkelte, sass der dezente junge italienische Arzt noch an seinem Platz. Es schien so, als ob er nicht mitmachen wollte. Er war perfekt gekleidet in Smoking mit Fliege, Kummerbund und Einstecktuch. Er schaute zu. Als die bunte Schar ihn zum Mitmachen aufforderte, stand er auf, und zur allgemeinen Belustigung trug er kurze weisse Hosen und schwarze Socken mit Sockenhalter. Er schloss sich nun hinten an. Als der Marsch durch das Schiff in der Bar der ersten Klasse ihren letzten Halt machte, liessen sich die drei tadellos gekleideten Männer, die offensichtlich in ein niveauvolles Gespräch vertieft waren, gerne mitreissen; die italienischen leichtbehaarten Männerbeine hatten es ihnen angetan.

Mona und Laurent schlenderten in den Tagen in New York durch den Central Park und vergnügten sich da und dort. Mrs O. besuchte ihre Schwiegertochter Fugi, bevor es weiterging in ihr Haus in Guilford. Das Haus von Mrs O. war bis anhin vermietet gewesen und wurde nun neu eingerichtet. Zuerst mussten die Spuren der Mieter verwischt werden. Sie hatten gekifft und geraucht und trauten sich zu, die Decke zu streichen. Mona und Laurent versuchten die Tropfen auf dem Fussboden und auf dem Kachelofen abzuschaben. Mrs O. sah nicht lange zu. Sie wollte später Putzleute anstellen, vorrangig war, wie so oft während der Zeit in Guilford, das Baby-Clam-Essen im nahegelegenen Strandrestaurant. Die Putzequipe kam am nächsten Tag: ein hagerer grosser Mann, ein kleiner, pummeliger Jüngling und eine junge hochschwangere Frau. Der Arbeitswille war mässig, das Resultat auch. Um dem Einsatz Gewicht zu geben, erklärte Mrs O., dass der Kachelofen ein Prunkstück sei, da sie ihn an der Weltausstellung in New York gekauft hatte.

Laurents handwerkliche Fähigkeiten wurden mit Schreinerarbeiten auf die Probe gestellt. Das Aufhängen der Bilder nervte ihn. Freundlich, aber bestimmt hörte er Mrs O. sagen: "It hangs crooked." Es entlockte ihm "bloody hell". Monas Blick traf ihn. Mrs O. schlug vor: "Let's have a Whisky", und die Sache war wieder eingerenkt.

Nach drei Monaten an der herrlichen Atlantikküste von Guilford traten Mrs O., Mona und Laurent die Rückreise an.

Es war eine ruhige Schiffsfahrt bis kurz vor der marokkanischen Küste. Die Wellen bäumten und türmten sich ungeheuerlich auf. Das Schiff konnte nicht in den Hafen von Casablanca einlaufen. Es harrte aus auf wilder hoher See. Das Mobiliar fing an, sich von der gewohnten Stelle zu lösen, erst ein Stuhl, dann ein Tisch, dann viele Tische, das Klavier. Hin und her schleuderte alles, was sich bewegen konnte. Die Passagiere waren längst in ihren Kabinen verschwunden und kämpften gegen das, was ihr Magen noch hergab. Die Natur tobte sich so oder so rücksichtslos eine Nacht lang aus. Am nächsten Morgen lag das Meer in voller Schönheit da, zahm, als ob nichts geschehen wäre.

Während der Zeit in Guilford hatte Laurent den unterzeichneten Arbeitsvertrag mit dem amerikanischen Grosskonzern erhalten.

Üppiges Essen und reichliches Trinken gehörten in den 70er Jahren zur Firmenkultur der Grosskonzerne. Dieser Grosskonzern war bereits kurz nach dem Krieg in Europa vertreten und richtete mit grosser Kelle nach amerikanischer Manier an. Über viele Jahre kam das nicht gerade gut an in Europa, vor allem nicht in Deutschland. Aber alle schrien nach diesem Produkt und so musste man dieses Auftreten weiterhin gewähren lassen. Langsam sickerte die Protzerei durch, und wurde von den europäischen Firmen übernommen. Unzählige Meetings wurden innert Kürze einberufen, die jedes Mal den Abschluss bei fürstlichem Essen und gediegenem Wein fanden. Das Spesenbudget war nach oben offen. Laurent war während dieser Zeit nicht abgeneigt

Schritt halten. Aber er bemerkte, dass diese Übertreibungen ihm nicht gut taten.

Die Wirtschaft florierte weltweit. Der Zeitungsbund der Stellenangebote war dick. Laurent konnte auswählen, welcher Weg ihm die beste Möglichkeit für seine Laufbahn bot. Er liess sich bei einer Grossbank am Paradeplatz für eine leitende Stelle anstellen. Dort wurden viele bankspezifische Seminarien angeboten, die Laurent besuchte und für seine Karriere von hohem Nutzen waren.

Auch in diesem Umfeld war es so, dass die Vielzahl der feinsten Restaurants auf dem Platz Zürich bestens bekannt war. Die Firmenessen waren zahlreich und dehnten sich aus.

Die Weiterbildungskurse dauerten oft eine Woche und jeweils gegen Abend kamen Vorschläge für die weitere Gestaltung des Zusammenseins. Die Frauen waren in der Minderheit. Denise wagte es doch, nach leichtem Drängen, zu bleiben, als der Vorschlag zum Spiel "oben ohne" von allen angenommen wurde. Wer den Schwarzpeter fasste, musste ein Kleidungsstück hergeben, Krawatte, Jackett, Hemd, ja und dann so weiter. Der Schwarzpeter ging oft an Denise vorbei. Die Spannung stieg. Nun fiel der Pullover. Der Schwarzpeter landete bei Laurent, er war bereits soweit. Die anderen folgten, bei Denise ging er wieder und wieder vorbei. Sie war im BH. Dann hielt sie die Karte in der Hand, die Spannung stieg, der Verschluss war vorne, sie löste die Häkchen und sass nun da, ihr Busen war schön. Am nächsten Morgen im Büro begrüsste Laurent sie mit: "Hallo Denise!" Sie schaute ihn verdutzt an, so als ob sie ihn das erste Mal sähe. Die Sache war geklärt.

Als Mrs O. wieder in Amerika weilte, bot sie Mona und Laurent an, während dieser Zeit ihre Wohnung an der Freudenbergstrasse zu bewohnen. Kurz vor ihrer Rückkehr war der Umzug nach Urdorf geplant. Die Überbauung war neu und die Parterrewohnungen grosszügig.

Die Nachbarn Rolf und Rena bewohnten bereits ein Jahr die Wohnung nebenan. Es entstand bald eine freundschaftliche Verbindung. Mona und Rena pflegten ihre Gärten, verschönerten ihre Wohnungen, kochten und oft warfen die Männer den Grill an und es wurde geplaudert bis spät in die Sommernächte hinein. Rolf und Rena hatten bereits ihr erstes Kind, das zweite war unterwegs.

Das gesellschaftliche Ideal des Lebens als verheiratetes Paar war in diesen Jahren noch stark geprägt durch das Bild der Kleinfamilie; zwei Kinder, ein gepflegtes Zuhause, der Vater war verantwortlich für das Finanzielle und die Mutter für die Erziehung der Kinder und das Gestalten eines angenehmen Heims.

Eines Abends flüsterte Mona Laurent ins Ohr: "I want to have a baby." Ben kam zur Welt. Er war ein frohes, munteres Kind. Problemlos formte er auf angenehme Weise das Familienleben. Auf den Tag der ersten Schritte wartet Mona sehnlichst. Nicht nur freute sie sich, dass Ben jetzt gehen konnte; nein, sie wollte mit ihm an das andere Ende der Welt reisen, nach Hause, nach Neuseeland.

Nach vielen Jahren kehrte Mona mit ihrer Familie das erste Mal wieder zu ihren Eltern und Geschwistern und der ganzen Verwandtschaft zurück. Diese Wochen bedeuteten für Mona das grosse Glück. und nach ihrer Rückkehr in die Schweiz blieb das leise Sehnen: nach dem klaren Wasser des Meeres vor dem Hause, den weissen vorbeiziehenden Wolken am tiefblauen Himmel, den weiten Feldern, der zwanglosen, freien Lebensart der Menschen, die in ihr Herz gehörten.

Laurent erlebte während dieser Wochen das erste Mal, wie es sich anfühlt, einer Grossfamilie anzugehören. Die Brüder von Mona überboten sich schier in Vorschlägen, was alles in Neuseeland für ihn wichtig sei, wo er unbedingt dabei sein müsse und was er nicht verpassen dürfe. Er wurde in die althergebrachten Leidenschaften der Neuseeländer eingeweiht und viel Fremdes wurde an ihn herangetragen.

Die meisten der Brüder Monas waren Jäger. Unermüdlich zogen sie durch die Wälder und spürten den Wallabies oder den Wildschweinen nach. Sie forderten Laurent auf mitzukommen und hofften, er teile ihre Leidenschaft. Laurent stieg mit gemischten Gefühlen in das Geländefahrzeug ein und später mit derselben lauen Empfindung im Magen auch wieder aus. Sie kamen auf eine Waldlichtung. Barry erspähte ein Wallaby, was nicht schwierig war, weil es dahockte und getreulich in die Richtung des Jägers äugte. Er zielte. Laurent vertraute auf den alten Karabiner, er möge das friedliche Wallaby verfehlen. Ein Schuss, ein Qualm. Barry robbte der Blutspur nach durch den Busch. Er bürdete das blutende Wallaby auf Laurents Rücken. Der Regen und das Blut vermischten sich und sickerten langsam in seine Schuhe.

Nach einigen Monaten brachte die Post ein grosses Paket aus Neuseeland. Es war der ausgestopfte Wallaby-Kopf, mitsamt des gegerbten Fells, aufgenagelt auf ein Brett.

Die Hochseefischerei begann frühmorgens. Die Luft war kühl, der Himmel prächtig blau. Zum Sommerwind gesellte sich der Fahrtwind des Schiffes. Das Meer lag wie ein grenzenloser Edelstein unter dem Himmel. Laurent setzte sich auf eine Holzkiste in der Nähe der Reling. Neben ihm standen zwei Kisten Bier und eine Kiste mit grossen Sandwiches, fast so gross wie Brote, gefüllt mit gebratenem Lammfleisch. Die Netze wurden ausgeworfen und eingeholt. Die Fische zappelten und zuckten. Ein grosser Fisch verhedderte sich mit seinen Kiemen in den Maschen. Ein Griff. Die Kiemen blieben hängen, rissen aus, der Fisch flog in das Auffangbecken.

Das Schiff gab sich dem Wellengang des offenen Meeres hin. Himmel und Horizont im Wechsel, auf und ab, der gemächliche Atem des Meeres. Die Netze waren voll, die Männer fingen an, die Bierdosen zu öffnen. "Want a beer?", fragten sie. Laurent lehnte ab. Jetzt nicht den Magen füllen. Das Morgenessen war reichlich gewesen. Der Fang wurde ausgenommen. Die Bäuche wurden aufgeschlitzt, die Eingeweide landeten im Kübel neben Laurent. Er packte auch einen Fisch, setzte das Messer an und führte es bis zu den Kiemen. Gedärme und Magen quollen heraus und so wollte auch sein Magen nicht länger stillhalten. Seine Kotze ging über die Reling. Alles musste raus, das späte Abendessen und das frühe Morgenessen. Die Möwen kamen in Scharen, vergnügten und stritten sich. "Do you feel better now?", hörte er von weitem.

Die erste Neuseelandreise war für Laurent gespickt mit viel Neuem. Er spürte, wie stark der Zusammengehörigkeitssinn nicht nur in der Familie ist, sondern dass dies auch das Volk verbindet.

☆☆☆

Für Laurent spielte in seiner Kindheit und auch im späteren Leben die Grossmutter an der Gasometerstrasse eine wichtige Rolle. Lieb, besorgt und gütig, so hat sie Laurent in seinem Innern bewahrt. Es kam die Zeit, dass sie ihr Heim verlassen musste. Otto, ihr Untermieter, war gestorben und zu beschwerlich wurde das Treppensteigen und das Heizen während der Wintermonate. Sie entschied sich für das Altersheim Bombach in Höngg. Der Sonntag war für Laurent und Mona ein guter Tag für einen Besuch. Die Grossmutter schloss auch Sohn Ben schnell in ihr Herz. Oft erzählte sie ihren Gästen, lebendig und so als sei es gestern gewesen, kleinere Episoden aus Laurents Kindheit.

Aber diesmal kam sie zuerst zum aktuellsten Ereignis, das in ihrer Familie Bestürzung auslöste. Ihre Schwester Anna, Laurents Tante Anna, hatte ihr Erspartes im Stubenofen verbrannt. Sie hatte vergessen, dass sie alle Noten und Fünfliber im Frühjahr dort versorgte und beim ersten kalten Tag entfloh das Gesparte in Flammen durch das Ofenrohr. Nach einem tiefen Seufzer holte sie heute doch noch aus ihrem Geschichten-Topf etwas hervor. Es war das Bombardement von Päuli und Laurent in ihrem Badezimmer.

Als Grossvater noch lebte, war er im Nebenamt Hauswart und organisierte den Kauf der Kohlen für die Heizung. Laurent beobachtete jeweils, wie die schwarzen Männer die Kohlen in den Keller schleppten, Sack für Sack, und wie

Grossvater zum Anfeuern Zeitungspapierknäuel in einer Flüssigkeit tränkte und diese dann auf dem Badewannenrand zum Trocknen aufreihte. Päuli und Laurent hatten nun die Idee, Bombardement zu spielen. Sie hörten dieses Wort während des Krieges und danach oft; sie konnten sich etwas darunter vorstellen. Deshalb wässerten sie die Papierknäuel in der Badewanne und schmetterten sie an die Wand, an die Decke, an das Fenster, auf den Boden. Das Bombardement nahm ein jähes Ende, als Grossmutter die wüste Lage entdeckte.

Mona hätte so gerne mehr verstanden, was Grossmutter zu erzählen wusste und entschloss sich, nächstens einen Deutschkurs zu nehmen.

Wie bereits in Luzern, knüpfte Mona bald da und dort Freundschaften mit Frauen an, die hier lebten und aus anderen Ländern in die Schweiz gezogen waren; so auch im Deutschkurs. Mona hatte die Gabe Menschen zusammenzubringen. Es entstanden dauerhafte harmonische Verbindungen, und die gelegentlichen Ladies Nights waren eine willkommene Abwechslung im Alltag. Alicia wuchs in Hongkong auf. Sie sass neben ihr auf der Schulbank der Volkshochschule für Sprachen. Alicia war eine gute Köchin und lud gerne Gäste ein. Konrad, ihr Mann, und Laurent unterhielten sich über ihre Jobs, und die Frauen über die Kinder. Konrad war beruflich viel auf Reisen. Er war im Internationalen Handel tätig. Laurents Anstellung bei einer Grossbank am Paradeplatz bot viel Abwechslung, aber er suchte die Erfahrung im direkten Handel. Er wollte näher am Geschehen sein, auch zu Material und Fabrikation. Eine Anstellung im Import und Export von Gütern war sein Ziel. Er bewarb sich und erhielt die Anstellung bei derselben Handelsgesellschaft, wo auch Konrad arbeitete.

Nun fühlte er den Puls des Marktes und war in seinem Element. Import von Lebensmittel-Rohstoffen und später Agrar-Rohstoffen oblagen über einige Jahre seinem Verantwortungsbereich. Auch auf dem Gebiet der Kunststoffverarbeitung war er mit viel Enthusiasmus tätig. Es waren vielfältige, spannende Fachbereiche, die Material und Marktkenntnisse erforderten. Der internationale Handel zog Laurent über viele Jahre in den Bann. Seine Ausbildung an der höheren Fachschule in Zürich zahlte sich in jeder Hinsicht aus. Die verschiedenen Tätigkeiten entsprachen seiner Art und seiner Begabung. Das Neue lockte ihn, sein Einsatz lohnte sich, er gab ihm ein erfülltes berufliches Leben.

☆☆☆

An einem schönen Frühlingstag kam das Mädchen zur Welt. Sanja-Olivia. Ein zartes Wesen mit weisser, glatter Haut und grossen Augen erfüllte die Eltern mit Freude. Sie war lebhaft und temperamentvoll. Die Zeit, wann ein Kind die ersten Worte, die ersten Sätze spricht, übersprang sie spielend und redete früher als erwartet munter drauflos. Englisch und Deutsch sprudelten mit Leichtigkeit aus ihr hervor.

Zwar vorerst nur im Kopf, aber immer entschiedener plante Mona die nächste Reise nach Neuseeland. Ihr Herz machte Sprünge, wenn sie daran dachte, wieder ihr Heimatland, ihre Stadt, das Elternhaus nahe am Meer zu betreten und ihre Lieben zu sehen. Sehnlichst wünschte sie, dass ihre Eltern und ihre Geschwister das kleine Mädchen möglichst bald in die Arme schliessen könnten. Auch Laurent hatte Reisepläne in ähnlicher Weise. Er wollte gerne, dass seine Eltern die Familie von Mona und das ferne Land kennenlernen. Die Mutter war sofort Feuer und Flamme für diese Idee. Bei Theodor dauerte es etwas länger, er überlegte lange und war dann doch einverstanden, über die Meere in die Ferne zu reisen.

Mona reiste mit den Kindern zwei Wochen vorher und später kam Laurent mit den Eltern nach. Die Mutter war hellbegeistert von dem Leben weitab der Schweiz. Sie liebte das Haus, in dem sie wohnten, sie liebte die Rosen im Garten und war offen für alles, was neu war. Sie wollte nicht daran denken, Abschied zu nehmen vom Sommer in Neuseeland und wieder heim in das winterlich nasse Land mitten in Europa zurückzukehren.

Das erdverbundene, bäurisch Ländliche war Theodor fremd. Zwar ging er überallhin geduldig mit, auch zur Besichtigung der Tierverarbeitungsfabrik, wo Anthony arbeitete. Aber er sah die Schafe, des Neuseeländers grossen Stolz, lieber auf der Weide als auf der Schlachtbank. Denn nach Ablauf ihrer beschränkten Zeit hier auf Erden werden sie auf eine Rampe getrieben. Oben angelangt, öffnet sich die Fallvorrichtung, die Schafe fallen direkt in die Arme eines Countryman, der ihnen mit sicherem Schnitt die Kehle durchtrennt. Haut und Haar werden verarbeitet. Theodor und Laurent hielten sich die Taschentücher vor die Nase beim mit Galle gefüllten Behälter und strebten schnurstracks auf die Ausgangstüre zu.

Theodor war froh, dass der Rückflug in naher Zukunft gebucht war. Er ging gerne wieder zurück in das vertraute Heim am Sihlquai.

☆☆☆

Mona blieb noch für zwei Wochen. Es tat sich eine Möglichkeit auf, ein Haus in der Nähe der Eltern zu kaufen. Mona musste, auf Laurents Rat hin, noch versuchen, den Preis zu drücken. Sie tat es ungern und wohl deshalb mit mässigem Erfolg. Das Haus entsprach genau ihren Wünschen und vertiefte ihre leise Hoffnung bald hierher zurückzukehren.

Nach dieser Zeit in Neuseeland waren die Kinder zweisprachig geworden, sie begrüssten ihren Vater in reinem Kiwi-Akzent, den sie zwar später verloren, aber die Muttersprache nicht.

Durch einen glücklichen Zufall fanden sie ein Haus in Meilen. Die Kinder gingen hier in den Kindergarten und später zur Schule. Laurent war viel unterwegs. Mona baute ihren Freundeskreis aus und die Ladies Nights waren beliebt.

Nach Neuseeländischer und Englischer Art wurden die Kinder an den Geburtstagen mit Kuchen, Girlanden und Ballons gefeiert. Oft waren auch ihre Grosseltern Hedi und Theodor dabei. Hedi half den Tisch zu decken und die Geschenke aufzutürmen. Als sie die Schublade mit den Tischtüchern hervorzog, liess sie einen Schrei los, er ging durch Mark und Bein. Die Glasaugen des Wallaby-Kopfes starrten sie an.

Nach dem Tod der Hausbesitzerin in Meilen gab es mit den Erben Querelen und Auseinandersetzungen. Ein Umzug war unumgänglich. Sie kauften eine Terrassenwohnung im Nachbardorf.

Laurent wollte mehr zu Hause sein. Geregelte Arbeitszeiten und die Teilnahme am täglichen Familientisch waren unter anderem die Gründe, dass er nach 15-jähriger Handelserfahrung wieder ins Bankgeschäft einstieg. Er liess sich bei einer französischen Bank am Paradeplatz anstellen. Laurent war dort im Investmentbanking und mit der Vergabe von Krediten beauftragt. Eine Vielzahl von Mittel- und Grossbetrieben traten an ihn heran. Die Bilanzen wurden geprüft, die Firmen durchleuchtet. Das Unterscheiden von Grossformat und Grossspurigkeit war von Bedeutung. Es brauchte Gespür, Takt und Verhandlungskunst.

Am Abend, wenn Mona alleine auf dem Balkon den Rauch der Benson & Hedges verschluckte und den Whisky im Gaumen spürte, gingen ihre Gedanken weit weg zu Mutter und Vater. Mona spürte, dass die Zeit gekommen war. Sie musste für ein paar Wochen in ihre Heimat. Laurent war einverstanden und ein Kindermädchen meldete sich auf die Annonce. Sanja-Olivia und Ben waren nicht begeistert von dieser Idee, aber Laurent wusste, dass diese Reise wichtig war für Mona.

Das Kindermädchen kam. Sie war jung, sie trug unkomplizierte einfache Kleider in Grautönen. Ihre Haare hingen lustlos über die Schultern. Geschminkt war sie nicht. Sie studierte Psychologie und nahm sich zwei Monate Auszeit für diesen Job. Mit wenig Gepäck zog sie ins Gästezimmer ein. Ihre Gitarre legte sie auf das Bett. Sie wusste, wie eine Küche aussieht, aber was man mit all den Pfannen und Geräten macht, das war Neuland. Sie lernte viel, aber nicht schnell genug. Jeden Tag ging etwas in die Brüche, eine Tasse, ein Glaskrug, viele Gläser. Laurent war geduldig und beschwichtigte die motzenden und stänkernden Kinder. "Ihr müsst verstehen, mit Verlust muss man rechnen."

Am späten Abend, alle waren längst im Bett, nahm sie die Gitarre, setzt sich auf eine Mauer im Garten und sang. Weiche, melancholische Melodien klangen leise in die Nacht hinaus. Sie hatte Liebeskummer, was viel erklärte, aber nicht alles. Denn nach der mutigen Tat, Spaghetti im Dampfkochtopf zu machen, meinte Laurent, vielleicht sollte sie doch lieber ihr Studium wieder aufnehmen.

An den Wünschen der Kinder erkannten Laurent und Mona, wie sie langsam heranwuchsen. Ein Kaninchen, ein Fahrrad, eine Katze, ein Kleinmotorrad, ein Pferd, ein Auto. Ben lag seinem Vater in den Ohren, einmal hinter einem Steuerrad zu sitzen. Sanja-Olivia suchte sich die schüchternste und kleinste Katze aus. Sie zerrte an Laurents Nerven. Beim Autofahren gab Laurent nach. Alles geradeaus, leicht Gas geben, bremsen, ruhig lenken, Rückspiegel. Ben lernte schnell und fühlte sich wie im Himmel.

Ein Dezembermorgen brachte nicht die Erfüllung der Adventsgedanken, sondern eine Hiobsbotschaft. Ben nahm den BMW aus der Garage und machte mit seinem Kollegen eine Vergnügungsfahrt. Auf der kurvenreichen Strasse zum Pfannenstiel gerieten die beiden in den Strassengraben. Es lief glimpflich ab, weil es glückliche Zufälle gab. Ein Abschleppdienst hatte den gleichen Weg und brachte sie nach Hause. Beim Nachspiel übernahm Laurent die Hauptrolle.

☆☆☆

Es ist Sommer. Mona erhält die Nachricht, dass ihr Vater in Spitalbehandlung muss. Es geht nicht mehr, es wird schwierig. Mona und Laurent entschliessen sich, mit Sanja-Olivia und Ben in den Sommerferien nach Neuseeland zu fliegen. Sie reisen in den Winter. Es ist kalt und nass. Der Vater ist zu Hause. Warten und Hoffen. Beim Abschied beobachtet Laurent, wie sich Vater und Tochter verabschieden. Ist es ein Scheiden für immer?

Es ist ein Herbstmorgen. Der Oktober hat das Goldene bereits verloren. Der Himmel ist eine dichte Decke. Mona ist heute früher als sonst aufgestanden, sie will am Morgen noch in die Stadt. Laurent und Mona trinken Kaffee. Ein Abschiedskuss, der Tag beginnt.

Laurent ist im Büro. Gegen Mittag meldet der Empfang Besuch an. Es sind zwei Polizisten. Sie stellen sich vor und fragen nach Laurents Identität. Sie reden ruhig, steif, amtlich, nach Vorschrift.

Mona brach zusammen und verstarb auf der Strasse beim Bahnhof Tiefenbrunnen. Keine Rettung möglich, nein, ein Arzt war anwesend, alles versucht. Sie geben Laurent die Adresse und die Vorladung für die Identifikation im Gerichtsmedizinischen Institut. Die Polizisten gehen.

Laurent setzt sich. Eine Taube fliegt auf den Fenstersims, blickt ihn kurz an, dann hebt sie ihre Flügel und wird weggetragen in den grauen Himmel. Gegen Abend kommt Laurent nach Hause. Er legt die Plastiktasche mit Monas Kleidern und ihrer Handtasche auf die Ablage und wartet.

Die Nächte in Stücke gelegt,
die hellen Himmel gezählt,
den Tag erdacht,
der Farben leuchtend wiedergibt.

Anna Verena Hoffmann Sax

Zeitfracht Medien GmbH
Ferdinand-Jühlke-Straße 7
99095 Erfurt, Deutschland
produktsicherheit@kolibri360.de